Bordesholmer Edition

© 2022 Henning Thomsen
Herstellung und Verlag: BoD – Books on Demand, Norderstedt
ISBN: 9783755773818

Umschlag und Satz: Reiner Behrens
Titelfoto: rudolfgeiger Adobe Stock, Foto: Knud Adobe Stock

SCHATTEN ÜBER DEM LANDESHAUS

Krimi von
HENNING THOMSEN

13. Bordesholmkrimi

Bordesholmer Edition, 2022

PERSONEN

Wilhelm Bielfeld, Kriminalhauptkommissar in Kiel

Erika Friedberg, Kriminaloberkommissarin in Kiel

Finn Friedberg, Erikas Sohn und Feuerwehrmann

Nasrin, Finns Freundin und Krankenschwester

Käthe Friedberg, Erikas Mutter

Lore Speck, Käthes Mitbewohnerin im Rosengarten

Staatsanwalt Westendorf

Sören Kühl, Heimleiter im Rosengarten

Inge Beysel, Altenpflegerin im Rosengarten

Helene Tischer, deren junge Kollegin

Mark Knopf-Eisen, Helenes Verlobter

Dr. Kunigunde Frankenstein, Gerichtsmedizinerin

Christina-Gisela Lehmann, deren Assistentin

Rita Fischer, Hundebesitzerin aus Groß Buchwald

Freddy Frischkorn, Azubi im Rosengarten

Konrad Krause, Hausmeister im Rosengarten

Hans Häusler, Immobilienmakler

Dr. Ekkehard Schlau, Oberstudienrat

Stefan Bock, Justizvollzugsbeamter

Sven Wiking, Bewohner im Rosengarten

Erik Wiking, sein Bruder

Michael Haß, Polizeikommissar aus Bordesholm

Manfred Liebe, sein Kollege

Dr. Ortwin Reinecke, Arzt in Bordesholm

Lasse Liegen, Ltd. Regierungsdirektor im Justizministerium

Admiral Paul, Zuhälter in Kiel

Klaus Tortenbecker, sein Freund und Kollege

Theodora Tusche, Verlagsleiterin der Kieler Nachrichten

Rolf Tinte, freier Mitarbeiter der Kieler Nachrichten

Horst Trench, Mitarbeiter des Verfassungsschutzes von Schl.-Holstein

Melina Mavros, Hundebesitzerin aus Griechenland

Klaus Krause, Hausmeister der Wohnanlage am Moorweg

Und viele Menschen aus Fantasie und Realität. Gewisse Ähnlichkeiten zu tatsächlich lebenden Personen sind nicht immer gewollt.

1

Die Aufforderung zum Tanz

Kriminalhauptkommissar Wilhelm Bielfeld griff genervt zum Telefon: „Ich höre!" Seine Kollegin, Kriminaloberkommissarin Erika Friedberg, glänzte schon den ganzen Tag durch Abwesenheit. Angeblich hatte sie einen Termin bei Staatsanwalt Westendorf.

„Ja, hallo, ist dort die Polizei? Ich wollte Frau Friedberg sprechen."

„Hier ist die Polizei. Mein Name ist Bielfeld."

„Mein Name ist Käthe Friedberg. Kann ich bitte meine Tochter sprechen?"

„Leider nein. Die ist heute noch gar nicht im Büro gewesen. Soll ich ihr etwas ausrichten?"

„Aber sie ist doch heute Morgen zur Arbeit gefahren. Ihr ist doch nichts passiert?" Wilhelm Bielfeld wurde langsam ungeduldig.

„Nein, ihrer Tochter ist nichts passiert. Sie hat ein dienstliches Gespräch außerhalb. Soll ich was bestellen?"

„Ja bitte. Können sie ihr einen Zettel hinlegen, dass heute Let's Dance mit Jan Hofer ausgestrahlt wird. Sie möge rechtzeitig zuhause sein."

Wilhelm Bielfeld verdrehte die Augen. ‚Gott sei Dank, dass ich keine tüddeligen Eltern mit blöden Fernsehgedanken mehr habe.'

„Ja, mache ich Frau Friedberg. Wiederhören."

Er kämpfte sich gequält durch den Berg der unbearbeiteten Aktenvermerke. Es gab einfach zu viel Büroarbeit bei der Polizei. Das erneute Klingeln des Telefons schreckte ihn hoch.

„Hier ist Frau Käthe Friedberg. Die Mutter von Erika."

„Ja, Frau Friedberg, ich weiß, wer sie sind. Aber ihre Tochter ist noch nicht eingetroffen. Was kann ich für sie tun?"

„In der Tanzschau heute Abend mit Namen Let's Dance tanzt die Schwester von Barack Obama, dem ehemaligen Präsidenten von

Amerika. Erika darf das auf keinen Fall versäumen. Sagen sie ihr bitte, dass sie rechtzeitig zuhause sein soll!"

„Ja!" Bielfeld knallte den Telefonhörer auf die Anlage. ‚Wie viele Tanzpartner wird die Alte heute noch ankündigen?'

Erika Friedberg kam merklich aufgekratzt von ihrem Treffen mit dem Staatsanwalt zurück.

„Der Westendorf ist ja doch ein netter Mann! Er hat sowohl wegen Gefahr im Verzug die Hausdurchsuchung bei unseren Neonazis unterschrieben als auch beim Amtsgericht Kiel die Verhaftung unseres pfuschenden Orthopädie-Professors beantragt. Das gibt tolle Schlagzeilen in der lokalen Presse!"

Erika sah irritiert auf ihren mürrischen Kollegen.

„Freue dich doch mal mit, oder warum schaust du so genervt aus der Wäsche, mein lieber Wilhelm?"

„Deine Mutter hat schon zweimal angerufen, um dir TV-Tipps übermitteln zu lassen. Beide Male für ‚Let's Dance'. Wahrscheinlich ruft sie gleich zum dritten Male an."

„Ja, tut mir leid. Wilhelm, ich kümmere mich um Mutti, sie wohnt gerade bei mir. Morgen erzähle ich dir, was genau los ist."

2
Das Erdbeben in Kiel

‚Tiefkühlpizza von Edeka und zwei Flaschen Holsten, naja.' Der Kriminalhauptkommissar genoss die kulinarischen Vorteile seines Single-Lebens nicht wirklich in vollen Zügen. ‚Typisches Junggesellengericht, vielleicht sollte ich mir doch mal wieder eine feste Freundin anlachen. Auf jeden Fall eine, die gut kochen kann. Und die Biermarke wechsele ich auch!' Er griff zur Fernbedienung seines Sony-Heimkinos. ‚Oh, eine Corona-Sondersendung im ARD! Ich kann es nicht mehr sehen!' Bielfeld zappte weiter. ‚Und auch eine im NDR3. Alleine das Aussehen des Vortragenden! Und sein Name: Professor Flickenschere?' Er drückte auf das nächste Programm. ZDF: ‚Der Staatsanwalt. Nee, Danke! Mit den Brüdern habe ich beruflich genug zu tun. Und im RTL? Wahrscheinlich der ewige Günther!' Der Polizist drückte auf den Kölner Privatsender und erschrak: ‚Oh Gott! Wie erbärmlich! Dieser arme Mensch, dass er es nötig hat, sich in aller Öffentlichkeit vor so vielen Menschen so zu blamieren.' Der Kriminalhauptkommissar holte sich die letzte Holsten-Bier-Flasche aus dem Kühlschrank. Aber es half nichts; als er zurück ins Wohnzimmer kam, war der hüftsteife Nachrichtensprecher immer noch bei seinen unrhythmischen Tanzbewegungen zu beobachten. Unser Freizeitmonster zappte als nächstes den SAT1-Sender. ‚LUKE! Oh, wie schrecklich! Der Untergang des Abendlandes!' Der Kommissar schaute, was das Internet zu bieten hatte: ‚Die Kosten einer Haartransplantation in Sören werden sie überraschen!' Er strich sich über sein noch relativ volles Haupthaar. ‚Warum in Sören? Aber egal, ich brauche es zum Glück noch nicht.' Er tippte auf die nächste Schlagzeile. ‚Hausverkäufer begeistert: Neue Website hilft Eigentümern beim Hausverkauf.' Wilhelm stöhnte auf: ‚Und wie wandele ich meine popelige Mietwohnung in ein schniekes Eigenheim? Das steht da leider nicht!' Er drückte weiter. ‚Diese Frauen aus Neumünster suchen einen Freund!'

Er verzog das Gesicht. ‚Das wird ja immer schlimmer! Die Frauen aus Neumünster waren noch nie mein Beuteschema. Und kochen können die bestimmt auch nicht.‘ Weiter im Internet: ‚Kieler Landeshaus: Neue Erkenntnisse zu alten Geschichten erschüttern die Landespolitik!‘ Unser Internetsurfer richtete sich in seinem Fernsehsessel auf. Das könnte interessant werden, dazu gönne ich mir noch ein richtig feines Feierabendbier. Bielfeld ging zur Toilette, um seine drei Holsten wegzubringen. Und dann in die Küche, um sich sein vorletztes Carlsberg Elephantenbier zu greifen. Er war in froher Erwartung hinsichtlich der Fortsetzung des Abends mit erlesenen Getränken und spannenden Informationen. Er genoss den ersten Schluck des dänischen Starkbieres und schaute auf den Bildschirm: Holstein Kiel siegt in Osnabrück. Bielfeld freute sich. ‚Na, endlich mal nach so vielen Jahren! Aber wo ist die Meldung zur Landespolitik geblieben?‘ Er malträtierte seine Fernbedienung, aber die Schlagzeile war weg. Und sie kam nicht wieder.

Bielfeld suchte sein I-Phone und drückte die Taste für das Internet. Er tatschte und wischte, das Handy war schon ganz klebrig von seinen Bierfingern. Aber die Meldung blieb verschwunden. ‚Na, mal schauen, welche Sensationen morgen die Landespresse zu verkünden hat.‘ Enttäuscht holte sich Wilhelm das letzte Eli-Bier aus dem Kühlschrank, um sich dann mit wirren Gedanken ins kalte Bett zu legen.

3
Der Porsche am Baum

Nur langsam löste sich die Asperin-C-Tablette im Wasserglas auf. Gierig trank Biefeld das Gesöff, aber seine Kopfschmerzen blieben. ‚Dreimal Holsten oder zweimal Eli, oder beides zusammen? Was geht mehr in die Birne? Oder war es doch die Salami-Pizza?' Der Kriminalhauptkommissar saß im Büro und mochte gar nicht an systematisches Arbeiten denken. Zum Glück gab es aktuell keine frischen Toten in seinem Dezernat und dementsprechend keinen besonderen Aufklärungsdruck von oben. Aber Bielfeld war erfahren genug, um zu wissen, dass sich dieses sehr schnell ändern konnte.

Er holte sich einen großen Becher Kaffee aus der Teeküche und schaltete seinen Bildschirm ein. ‚Vielleicht finde ich heute die ominöse Meldung über die Verschwörungen im Kieler Landtag?' Aber vergebens: Nur neue Schlagzeilen über Corona und Astra Zeneca, das Schönheitsgeheimnis eines abgehalfterten Filmsternchens und über einen Krankenpfleger, der eine 81-jährige Gelähmte missbraucht haben soll. Die Erschütterungen in der Kieler Landespolitik schienen doch nicht so schwerwiegend gewesen zu sein.

Bielfeld schlürfte seinen Kaffee zu Ende und ließ sich die Mutmaßungen über den Pfleger durch den Kopf gehen. ‚Ob es in Pflegeeinrichtungen wohl öfters derartige Verbrechen gibt? Aufgrund der Hilflosigkeit der Bewohner*innen würden die meisten Fälle bestimmt gar nicht an die Öffentlichkeit gelangen.' Er dachte an die Worte eines ehemaligen Kollegen: ‚Lieber mit siebzig im Porsche am Baum landen als mit achtzig im Pflegeheim.' Der Polizist hatte seinen PS-schwachen Dienst-Passat vor Augen. ‚Wie komme ich nur an den Porsche? Aber bis siebzig habe ich noch ein wenig Zeit.' Während er über seine Zukunftsperspektiven grübelte, brummte sein Handy. Wilhelm schaute genervt auf die SMS. ‚Ich muss dringend mit Mutti einen Termin wahrnehmen. Näheres morgen in der Kantine. Ciao Erika!'

4
Der Bus nach Negenharrie

„Schau mal Mutti, der Rosengarten! Wie hübsch das alte Gebäude und der prächtige Garten ringsherum. Wie ein englisches Herrenhaus. Hier wirst du dich bestimmt wohlfühlen!" Erika strahlte ihre Mutter Käthe an.

„Naja, aber mit Kiel nicht zu vergleichen. Und mit Berlin schon gar nicht!" Käthe Friedberg war mürrisch. Bordesholm war ihr schon bei der Ortsdurchfahrt als zu provinziell erschienen.

„Aber Mutti, die Bushaltestelle liegt direkt vor der Tür. Das hast du weder in Kiel noch in Berlin gehabt; sogar zwei Linien." Erika zeigte auf die beiden riesigen Gelenkbusse der Autokraft, die gegenüber von ihnen am Straßenrand hielten. Käthe Friedberg buchstabierte äußerst mühsam die Ortsnamen auf den Hinweisschildern der Busse.

„N-e-g-e-n-h-a-r-r-i-e? Und H-a-n-e-r-a-u-H-a-d-e-m-a-r-s-c-h-e-n? Verdammt nochmal, was soll ich da denn? Wo liegt das überhaupt?"

„Das weiß ich auch nicht. Aber nun komm erstmal mit, Herr Kühl wartet bestimmt schon auf uns." Erika stieg aus und hielt für ihre Mutter die Beifahrertür auf. Mühsam bugsierte die alte Dame ihre gebrechlichen Knochen aus dem Auto. Mit dem rechten Arm stützte die Kriminaloberkommissarin ihre schwergängige Begleiterin, mit dem linken ruderte sie ausgleichend in der Luft herum. Langsam und vorsichtig zuckelten die beiden Frauen durch den riesigen Garten. Sie wurden freundlich von einem älteren Herrn gegrüßt, der ihnen am Rollator entgegenkam. Die Damen nickten entzückt zurück.

„Oh, Erika, schau mal, wie hübsch alles blüht. Sogar historische Rosen, meine Lieblingsblumen." Käthe Friedberg strahlte über ihr ganzes Gesicht. Rosen hatte sie Zeit ihres Lebens als die wahren Königinnen der Blumenwelt bezeichnet. In der Eingangstür des Alten- und Pflegeheimes wartete ein nett lächelnder Mitfünfziger auf die Beiden.

„Guten Tag die Damen! Mein Name ist Sören Kühl, ich leite hier den Rosengarten. Ich freue mich, sie kennenzulernen." Frau Friedberg die Ältere strahlte zurück: Sie stand schon immer auf Männer mit Vollbart und Herr Kühl hatte einen, sogar einen sehr prächtigen. Und mit seiner stattlichen Figur, man könnte auch sagen mit seinem kugelrunden Bauch, machte er einen vertrauenserweckenden und soliden Eindruck auf die alte Dame.

„Schön guten Tag, Herr Kühl. Wir freuen uns auch." Die Drei nahmen im etwas kärglich und altmodisch eingerichteten Büro von Herrn Kühl Platz. Bei einer Tasse Pfefferminztee und ein paar staubigen Plätzchen schilderte der Heimleiter die Geschichte und die Besonderheiten vom Rosengarten.

„Wir legen hier alle sehr viel Wert auf die Eigenständigkeit unserer Bewohner. Egal, ob sie nur zur Kurzzeitpflege verweilen wollen, wie sie es ja eventuell vorhaben, liebe Frau Friedberg. Oder ob sie bei uns ihre dauerhafte Heimat suchen. Sie genießen alle Freiheiten, die sie brauchen und die ihnen ihre Gesundheit erlaubt. Der Herr zum Beispiel, der ihnen im Garten begegnet ist, macht jeden Nachmittag seine Runde um den nahe gelegenen Bordesholmer See. Aber erzählen sie doch bitte von sich und von ihren Wünschen und Nöten." Käthe Friedberg schilderte ihr Leben als Witwe in Berlin-Dahlem, von ihrem Sturz in der Wohnung, vom Klinikaufenthalt in der Charité und vom kurzen Aufenthalt bei ihrer Tochter in Kiel. Kühl hörte geduldig zu.

„Wir haben erstmal ihre Unterbringung in einem sehr schönen Doppelzimmer vorgesehen, allerdings vorbehaltlich der Zu- oder Absage einer früheren Bewerberin. So könnte ihnen die mögliche Mitbewohnerin, eine sehr nette ältere Dame, bei der Eingewöhnung helfen. Wenn sie, was ich natürlich sehr hoffe, auf Dauer bleiben möchten, werden sie auf Wunsch auch ein Einzelzimmer beziehen können." Sören Kühl zeigte auf die Tür.

„Wenn sie einverstanden sind, zeige ich ihnen erstmal das Zimmer." Der Kriminaloberkommissarin, die allein aus beruflichen Gründen einige Alten- und Pflegeheime kennengelernt hatte, fiel angenehm auf, dass es im Rosengarten weder übertrieben stark nach Putzmitteln roch noch dass es irgendwie nach Urin stank. Sören Kühl bemerkte ihre aufgeblähten Nasenflügel.

„Liebe Frau Friedberg, wir legen hier sehr viel Wert auf umweltgerechte, aber trotzdem wirksame Hygiene. Wir haben zum Glück genügend und auch sehr motivierte Mitarbeiterinnen. Außer dem Hausmeister Herrn Krause, einem jungen Azubi und meiner Wenigkeit gibt es allerdings keine Männer beim Personal. Und auch bei den Bewohnern überwiegen, wie sie sich denken können, die Damen der Schöpfung." Sören Kühl stoppte.

„Da sind wir schon." Er klopfte an die Tür von Appartement Nummer 24.

„Frau Speck, dürfen wir eintreten?" Ohne die Antwort abzuwarten, öffnete der Heimleiter die Tür. In dem von der Mittagssonne hell erleuchteten Zimmer standen zwei moderne Pflegebetten, ein kleiner runder Tisch mit zwei Stühlen und zwei große Kleiderschränke. Die Tür an der Längsseite ging wohl zum Badezimmer. Auf dem Bett am Fenster lag eine ältere Dame mit kurzem, grauem Haar. Sie war mit einer braunen Jersey-Hose, einer beigen Seidenbluse und einer grauen Strickjacke bekleidet. In der rechten Hand hielt sie ein Taschenbuch, in das sie, ohne einen Blick auf die Eintretenden zu werfen, interessiert starrte. Erika Friedberg las schmunzelnd auf der Titelseite Bordesholm-Krimi Nr. 10 *Der Mord im Seeblick-Hotel.* Herr Kühl kümmerte sich nicht um das offensichtliche Desinteresse der Bewohnerin.

Betont charmant machte er die Damen gegenseitig bekannt: „Darf ich ihnen Frau Lore Speck vorstellen? Sie wohnt schon seit drei Jahren bei uns im Rosengarten. Liebe Frau Speck, dies hier sind Frau Käthe Friedberg und ihre Tochter Erika Friedberg. Frau Friedberg beabsichtigt, sich im Rahmen der Kurzzeitpflege bei uns aufpäppeln zu lassen. Sie werden sich beide bestimmt gut verstehen."

„Moin." Frau Speck grüßte nur ganz kurz und las weiter in ihrem Krimi. Käthe Friedberg war der Blick in den farbig blühenden Garten wichtiger als der auf ihre grau-braune Nachbarin.

„Ach lieber Herr Kühl, ich werde mich bestimmt bei ihnen sehr wohl fühlen. Ich hoffe sehr stark, dass es auch von ihrer Seite klappt." Sie hatte den Satz kaum ausgesprochen, als die Zimmertür abrupt aufgerissen wurde. Draußen stand eine dickliche, ungefähr fünfzig Jahre alte Frau mit ängstlichem Blick.

„Herr Kühl, sie müssen ganz schnell kommen!"

„Frau Beysel, was ist los? Ist das Mittagessen angebrannt?" Inge Beysel schaute verständnislos ihren Vorgesetzten an.

„Ach Quatsch! Viel schlimmer: Unsere junge Kollegin Helene Tischer liegt nicht ansprechbar im Personalraum. Der Rettungswagen müsste gleich hier sein." Der Chef der Altenpflege verabschiedete sich höflich von den Damen – „wir telefonieren morgen miteinander" – und eilte mit seiner Mitarbeiterin Inge Beysel aus dem Zimmer. Mutter und Tochter Friedberg sagten Tschüs zu Frau Speck, ohne allerdings eine Antwort zu bekommen, und fuhren zurück nach Kiel.

5
Der Perser-Sturz

„Currywurst Pommes! Das perfekte Kantinen-Essen!" Wilhelm Bielfeld strahlte über sein ganzes Gesicht. „Da kann auch der dämlichste Koch nichts verkehrt machen."

Während er mit Begeisterung die ersten Pommes in die Tomatensauce eintunkte, musterte seine Begleitung skeptisch ihr Vegan-Menü auf dem Tablett.

„Beim Frühlings-Risotto mit Spargel und Tomaten ist das wohl leider nicht der Fall." Erika Friedberg stocherte lustlos mit der Gabel in der klebrigen Reispampe. „Ich glaube, das Essen kommt vom Baumarkt, Abteilung Fensterkitt." ‚Du hast ja selber schuld, hättest ja etwas Vernünftiges bestellen können. Außerdem ist denn überhaupt noch Spargelzeit?', überlegte Bielfeld.

„Du wolltest doch von deiner Mutter erzählen." Er biss mit großem Appetit in die leckeren, kross gebratenen Wurststücke.

„Ja, stimmt. Aber das verbessert meine Laune auch nicht. Mutti hat ja auch nach Vatis Tod sehr gerne und sehr selbständig in ihrer Altbauwohnung in Berlin-Dahlem gewohnt. Nette Geschäfte zum Einkaufen, einladende, gepflegte Parkanlagen zum Spazierengehen und Entenfüttern und alte Freundinnen in der Nachbarschaft: Alles perfekt für ein erfülltes und glückliches Rentnerleben."

„Und dann, was ist dann passiert? Ist sie von einem amerikanischen Immobilientycoon aus der Wohnung vertrieben worden, damit sich Mister Trump dort für etliche Millionen eine zusätzliche Luxusbaulöwenhöhle schaffen kann?"

„Nein, von einem alten Perser!" Erika trank einen großen Schluck Mineralwasser, um den Geschmack ihres Essens im Mund loszuwerden. Wilhelm Bielfelds Gesichtsausdruck zeigte großes Unverständnis.

„Drängen jetzt schon die Iraner auf den Berliner Immobilienmarkt?"

„Nein!" Erika Friedberg musste lachen. „Es war ihr Kelim."

„Häh?" Bielfeld verstand überhaupt nichts mehr.

„Ein Kelim ist ein wunderschöner, handgewebter Teppich aus dem Orient. Aus reiner Schafswolle und durch seinen grau-beigen Farbton herrlich passend zu ihren alten Eichenmöbeln."

„Und dann? Was ist passiert?"

„Mutti ist nachts auf dem Gang zur Toilette über den Kelim gestolpert. Sie war aufgrund ihrer Schmerzen nicht in der Lage aufzustehen und hat dort die ganze Nacht gelegen."

„Hat deine Mutter denn keinen Notfall-Knopf?"

„Doch vom DRK, aber der lag warm und trocken auf ihrem Nachttisch. Zum Glück hatte morgens in der Frühe die Zeitungsfrau ihr Wimmern gehört und geistesgegenwärtig Polizei und Rettungsdienst verständigt."

„Scheiße!" Wilhelm Bielfeld schmeckte seine Currywurst nur noch halb so gut.

„Sie ist dann in die Charité eingeliefert worden. Dort wurde noch am gleichen Tag der Oberschenkelhalsbruch operiert. Zum Glück hat sie trotz ihres hohen Alters alles einigermaßen gut überstanden. Der wochenlange Klinikaufenthalt war zuerst sehr belastend, bis sie dann bei ihrem ersten Rollstuhlausflug im Krankenhaus ein Erlebnis der besonderen Art hatte." Erika Friedberg genoss sichtlich die angespannte Aufmerksamkeit ihres Kollegen.

„Wieso, was war denn nun wieder passiert?"

„Sie hatte im Treppenhaus ihren heimlichen TV-Star gesehen!"

„Florian Silbereisen?"

„Um Gottes Willen nein! Herrn Professor Dr. Christian Drosten, der ihr durch seine bezaubernden ARD-Auftritte die Pandemie-Zeit zum besonderen Covid-19-Genuss gemacht hatte."

„Und was hatte der im dortigen Treppenhaus zu erledigen?"

„Der verdient doch sein Geld, wenn er nicht gerade im Fernsehen zu sehen ist, als Leiter der Virologie in der Charité." Wilhelm Bielfeld musste lachen.

„Da sieht man den Unterschied zwischen Bundes- und Landeshauptstadt! Von Berlin aus begeistert Corona-Drosten fast die gesamte Nation; von einigen Quermenschen und Leerdenkern mal abgesehen. Und wir in der Provinz können Herrn Professor Dr. Flickenschere bewundern. Ob der nun irgendwen vom Fernsehsessel reißt, wage ich aber zu bezweifeln."

„Ach Wilhelm, Hauptsache für mich ist doch, dass Mutti wieder einigermaßen gesund ist. Nur das Gehen fällt ihr natürlich noch sehr schwer. Treppensteigen geht gar nicht. Und da sowohl ihre Wohnung in Berlin als auch meine in der Goethestraße im dritten Stock liegen und keinen Fahrstuhl haben, kamen wir jetzt auf die Idee mit der Kurzzeitpflege. Und der gestrige Besuch im Rosengarten in Bordesholm verlief ja auch ganz nett." Erika griff erneut zum Wasserglas, den noch fast vollen Teller hatte sie zur Seite geschoben. Wilhelm wollte gerade das Gehörte kommentieren, als Erikas I-Phone brummte.

„Herr Kühl, nett, dass sie anrufen! Wie stehen die Chancen für meine Mutter, in den Rosengarten zu kommen?"... „Oh, Klasse, das freut mich sehr. Und meine Mutter wird begeistert sein. Wir kommen dann morgen Nachmittag bei ihnen vorbei. Wie geht es übrigens ihrer Mitarbeiterin Frau Tischer?"... Erikas Gesicht nahm die Farbe des Frühlings-Risottos an. ... „Oh Gott, wie schrecklich, das tut mir leid!"... „Ja, das stimmt wohl. Wir sehen uns morgen." Erika Bielfeld drehte nervös ihr Wasserglas hin und her.

„Erika, was ist los?"

„Ach Wilhelm, hatte ich überhaupt von dem Zusammenbruch der jungen Mitarbeiterin im Rosengarten erzählt? Herr Kühl teilte mir eben mit, dass sie im UKSH verstorben ist. Davon werde ich Mutti aber erstmal nichts erzählen. Hoffen wir mal, dass es eine natürliche Todesursache gibt." Wilhelm nickte mit dem Kopf. Zu Ermittlungen in einem Pflegeheim verspürte er keine besondere Lust.

6
Der feurige Auflauf

Käthe Friedberg genoss den herrlichen Blick in den Schrevenpark. Schon seit über zwei Stunden saß sie in dem bequemen Ohrensessel ihrer Tochter. Mal studierte sie die Kieler Nachrichten, mal döste sie mit halb geschlossenen Augen und dann wieder schaute sie nach draußen und freute sich über die wärmenden Strahlen der Nachmittagssonne.

„Erika hat viel Glück gehabt, dass sie so eine schöne Wohnung gefunden hat. Und ich habe viel Glück, so eine liebe und fürsorgliche Tochter zu haben. Ich bin so froh, dass Erika mir geholfen hat, das Zimmer im Rosengarten zu bekommen." Käthe Friedberg hatte nie mit den Widrigkeiten ihres langen Lebens gehadert: Sie hatte weder über den relativ frühen Tod ihres Ehemannes geklagt noch über ihren schmerzhaften Oberschenkelhalsbruch und die damit verbundenen Unannehmlichkeiten. Sie vermisste ihre Altbauwohnung und ihre Freundinnen in Berlin; sie war aber vernünftig genug, um zu erkennen, dass sie dort nicht mehr alleine werde wohnen können.

„Wie kann ich mich bloß bei Erika für ihre große Hilfe bedanken? Ich würde ihr ja so gerne etwas Nettes schenken. Aber ohne Unterstützung komme ich nicht die verdammten Treppen herunter." Wie viele alleinstehende Menschen hatte Käthe es sich angewöhnt, halblaute Selbstgespräche zu führen. „Ich kann uns etwas Leckeres zum Abendessen kochen. Mal sehen, was der Kühlschrank so bietet." Mühsam zuckelte Käthe Friedberg am Rollator durch die große Wohnung in die Küche. „Oh, wie praktisch: Diverses Gemüse und dazu leckerer Bergkäse, daraus lässt sich doch ein feiner Auflauf zu bereiten." Käthe, die Zeit ihres Lebens immer sehr gerne gegessen hatte, lief vor Vorfreude das Wasser im Mund zusammen. Sie packte die Zutaten in einen Jutebeutel, den sie umständlich an ihren Rollator hängte. Bis sie alles, inklusive der benötigten Utensilien, also ein großes Messer, die ofenfeste Backform und die Käsereibe, auf dem Küchentisch platziert hatte, verging eine kleine Ewigkeit. Aber mit viel Elan und Körperschweiß gelang es der alten Dame, die gelben und roten Paprikaschoten, die Zwiebeln, die Tomaten und die Salatgurke in mundgerechte Stücke zu zerkleinern und in der Ikea-Backform zu verteilen. Das Reiben des harten Südtiroler Bergkäses brachte sie an ihre körperlichen Grenzen; aber schließlich hatte Käthe Friedberg es geschafft: Der leckere Auflauf war fertig für den Ofen. „200 Grad bei Ober- und Unterhitze wird wohl richtig sein." Käthe stellte die Auflaufform in die Backröhre und drehte an den Reglern des Gorenje-Herdes. „So, jetzt muss ich mich erstmal ein wenig von der Anstrengung ausruhen." Behutsam schlurfte die alte Frau mit dem Rollator zu ihrem Lieblingssessel. Schon nach kurzer Zeit waren ihre Augen zugefallen und die Hobby-Köchin in einen tiefen Erholungsschlaf versunken.

Finn Friedberg hatte zusammen mit seinen Kollegen von der Berufsfeuerwehr Kiel einen schweren Einsatz gehabt: Bei einem Verkehrsunfall auf der Kieler Stadtautobahn, dem Olav Palme Damm, waren drei Personenkraftwagen zusammen gestoßen. Die Feuerwehrleute mussten zwei jungen Menschen aus deren alten Golf IV herausschneiden. Während der Fahrer nur Knochenbrüche an beiden Armen erlitten hatte, war die nicht angeschnallte Beifahrerin im Brust- und Bauchbereich lebensgefährlich verletzt worden. Trotz ihrer schweren Blutungen war es Finn und seinen Kameraden zum Glück gelungen, die Frau wohl rechtzeitig und bei vollem Bewusstsein in die Kieler Uniklinik bringen zu können. Jetzt waren sie wieder in die Hauptfeuerwache am Westring eingerückt, aber ihre Anspannung war noch deutlich spürbar. Gerade als Finn sich einen Tee aus der Mannschaftsküche holen wollte, wurden er und seine Kollegen durch die nächste Meldung alarmiert: Wohnungsbrand in der Goethestraße 11 dritter Stock. ‚Das ist doch die Wohnung von Mutti', durchfuhr es Finn

Friedberg. Aber zum langen Überlegen und Sorgenmachen hatte er keine Zeit. Routiniert und flink besetzten die Feuerwehrmänner ihre Fahrzeuge und düsten mit Blaulicht und Martinshorn die wenigen hundert Meter über die Gutenbergstraße in die Goethestraße. Aus einem geöffneten Fenster in der dritten Etage quoll dicker Rauch und verpestete die Luft in der idyllischen Wohnstraße.

„Ich habe sie informiert. Ich wohne im zweiten Stock des Hauses. Ich habe gleich an der Wohnungstür geklingelt, aber es hat keiner geöffnet." Die ungefähr vierzigjährige, korpulente Frau konnte vor Aufregung kaum sprechen. „Ach ja, mein Name ist Ramona Racke-Rauchzart. Und in der Wohnung müsste sich die alte und gehbehinderte Mutter der Mieterin aufhalten. Der Rauch kommt übrigens aus deren Küche." Der Einsatzleiter der Feuerwehr wies den größten und stärksten Kameraden an, den Kuhfuß aus dem Fahrzeug zu holen.

„Marc, wir müssen die Tür aufbrechen."

„Nicht nötig! Ich habe den Wohnungsschlüssel dabei!" Finn zog stolz grinsend einen Schlüsselbund aus seiner Jackentasche. Der Einsatzleiter schaute ihn erstaunt an.

„Dort wohnt meine Mutter." Gemeinsam stürmten sie in den dritten Stock und Finn schloss mit zitternden Händen die Wohnungstür auf, zwei Atemschutzgeräteträger eilten mit ihren Feuerlöschern in die Küche und schon waren die pumpenden Spritzgeräusche in der ganzen Wohnung zu hören.

Der Einsatzleiter brüllte „Wohnung nach Personen durchsuchen!" Zwei seiner Männer öffneten die Türen auf der linken Seite des Flures. „Fehlanzeige!" Finn und sein Vorgesetzter liefen ins Wohnzimmer. Mit Schrecken sahen sie die leblose, alte Frau im Ohrensessel: Ihr Kopf war nach vorne auf die Brust gefallen, ihre Augen waren verschlossen.

„Oma, was ist mit dir?" Finn war völlig verzweifelt. Behutsam fasste der ältere Feuerwehrmann Käthe Friedberg an die Schulter.

„Hallo! Können sie mich verstehen?" Finns Großmutter öffnete mühsam ihre Augen und verstand die Welt nicht mehr.

„Wer sind sie? Was wollen sie von mir?" Die Anspannung verschlug ihr die Sprache, erst als sie ihren Enkel neben dem Unbekannten sah, beruhigte sie sich zunehmend.

„Oma, es gab ein kleines Feuer in der Wohnung. Aber es scheint jetzt alles in Ordnung zu sein." Finn versuchte, die zitternde Frau zu besänftigen. Zur Bestätigung kam der Kollege aus der Küche. An seinen Händen trug er feuerfeste, klobige Handschuhe, mit denen er die völlig verkohlte Backform mit den schwarzen Gemüseresten festhielt.

„Der Brand ist gelöscht, aber das Essen ist wohl nur noch für Feuerschlucker und deren Kinder zu genießen. Und die Kücheneinrichtung hat auch etwas gelitten."

Finn musste trotz der ernsten Situation lachen: „Oma, da rufen wir für heute Abend wohl lieber den Pizza-Service an!" Er nahm seine Großmutter in den Arm. „Und bei Ikea gibt es so schöne neue Küchen. Mutti konnte die alte schon lange nicht mehr leiden."

7
Die unterzuckerte Leiche

„Mein Gott, so eine junge, hübsche Frau hier auf meinem Seziertisch! Die hat doch wirklich etwas anderes verdient!" Die Gerichtsmedizinerin Dr. Kunigunde Frankenstein hatte in ihrem langen Berufsleben viel Schlimmes und Trauriges erlebt. Grundsätzlich zog sie bei jeder ihrer Obduktionen die schlimmste Ursache in Betracht: Eine vorsätzliche Tötung. Sie stieß den bei dieser Leichenöffnung als Vertreter der Kieler Staatsanwaltschaft anwesenden Kriminalhauptkommissar Wilhelm Bielfeld freundschaftlich mit ihrem Ellbogen in die Rippen: „Na, mein Bielfeld. Mal schauen, welche unangenehme Überraschung uns heute hier erwartet." Die äußere Innenaugenscheinnahme des Leichnams ergab für sie keine Hinweise auf ein Tötungsdelikt. Den winzigen Einstich einer Injektionsnadel im rechten Oberarm hatte die Ärztin allerding übersehen. Beherzt griff sie zu einer ihrer vielen Knochensägen und öffnete den Brustraum der toten Frau. Die Entnahme und sehr detaillierte Begutachtung der inneren Organe ergab keine Hinweise auf die Todesursache: Sowohl ein Herzinfarkt als auch ein Schlaganfall erschienen danach aber als sehr unwahrscheinlich. Da die Tote laut Information ihres Arbeitgebers, des Pflegeheims Rosengarten, noch keine Corona-Impfung erhalten hatte, kam auch eine Astra Zeneca bedingte Hirnthrombose nicht in Betracht. Die Assistentin von Frau Dr. Frankenstein, Frau Christina-Gisela Lehmann, kam strahlend in den Obduktionsraum, in der rechten Hand hielt sie einen Laborausdruck.

„Chefin, ich glaube, wir haben hier einen wichtigen Hinweis aus dem Labor."

Dr. Frankenstein bleckte ihr Pferdegebiss: „Dann schieß mal los, Lehmännchen."

„Der Blutzuckerspiegel der Toten liegt mit 25 mg/dl weit unter der kritischen Grenze von 40 bis 50." Der Kriminalpolizist rieb sich seine blasse Nase.

„Und was bedeutet das?"

„Lieber Kommissar, alles ok bei ihnen? Sie schauen etwas betroffen aus der Wäsche. Ist doch nicht die erste Obduktion für sie. Und es soll auch nicht die letzte bleiben!" Die Gerichtsmedizinerin konnte ihre schwarzhumorige Schadenfreude mal wieder nicht verbergen. „Aber um auf ihre Frage zurückzukommen: Das sind die typischen Symptome für eine Hypoglykamie. Zu Deutsch eine Unterzuckerung. Gerade in Zusammenhang mit den von der Kollegin von Frau Tischer ..." Sie warf einen fragenden Blick auf ihre Assistentin.

„Frau Beysel, Inge Beysel." Frau Lehman war mal wieder gut im Bilde.

„Danke, ja. Also Frau Beysel hatte geschildert, dass Frau Tischer sehr stark geschwitzt und gezittert hatte. Und auch deren Orientierungslosigkeit und spätere Bewusstlosigkeit sprechen deutlich für einen Insulin-Schock. Und unter Diabetes soll die junge Dame nicht gelitten haben."

„Und das alles im Pflegeheim?" Wilhelm Bielfeld schaute fragend die beiden Frauen an.

„Genau! Das macht das Vorliegen einer vorsätzlichen und in diesem Fall tödlichen Insulinvergiftung noch wahrscheinlicher." Dr. Frankenstein war in ihrem Element.

„Das Personal dort hat Zugriff auf Insulin, um im Notfall diabeteskranken Heimbewohnern schnell und effektiv helfen zu können. Und in der Vergangenheit hat es immer wieder Fälle gegeben, bei denen Pfleger – egal ob männlich oder weiblich – den angeblich perfekten, sprich nicht nachweisbaren, Mord durch die Insulinspritze begangen haben." Bielfeld war genervt.

„So ein Mist. Ermittlungen im Pflegeheim, davon träumt jeder Polizist. Besonders, wenn die Mutter der Kollegin dort untergebracht ist." Frau Christina-Gisela Lehmann trat aufgeregt von einem Fuß auf den anderen.

„Chefin, wollen wir noch mal den Leichnam nach eventuellen Einstichstellen untersuchen?" Ihr war schon mehrmals die Kurzsichtigkeit von Frau Dr. Frankenstein aufgefallen, die allerdings für eine Brille zu eitel und für Kontaktlinsen zu empfindlich war. Nach einer erneuten, diesmal sehr peniblen Inaugenscheinnahme des toten Leibes von Helene Tischer fanden die beiden Frauen eine winzige Einspritzstelle im rechten Oberarm der Leiche.

„Das wird fotografiert und vermerkt! Danke Lehmännchen!" Dr. Frankenstein konnte richtig freundlich aussehen.

Wilhelm Bielfeld versuchte, seine Kollegin Erika Friedberg telefonisch zu erreichen und ihr das Sektionsergebnis mitzuteilen. Leider war deren Handy mal wieder ausgeschaltet. Und auf den Anrufbeantworter zu sabbeln, hatte Bielfeld überhaupt keine Lust. ‚Sie wird die Information noch früh genug bekommen'. Er fuhr schlecht gelaunt nach Hause.

8
Die muffelige Nachbarin

Erika Friedberg hatte noch die Kritik ihrer Mutter über das provinzielle Erscheinungsbild von Bordesholm im Ohr. Also machte sie auf dem Weg zum Rosengarten einen kleinen, aber gut überlegten Umweg. Statt die unattraktive und langweilige Kieler Straße zu befahren, bog sie an der Kreuzung von der L318 zur L49 erstmal gen Westen in Richtung Dätgen ab. Beim Hoffelder Weg nahm sie die Route zur Klosterinsel und lenkte die Blicke ihrer Mutter auf die imposante Klosterkirche, auf die überregional bekannte, aber leider vor einiger Zeit gekappte Alte Linde und auf die charmanten Altbauten in der Heintze-Straße mit der herrlichen Aussicht auf den Bordesholmer See. Danach machten sie einen Abstecher durch die belebte Einkaufsstraße und erreichten pünktlich auf die Minute den Rosengarten. Käthe Friedberg hatte prompt ihre Meinung über ihre neue Heimat geändert.

„Bordesholm ist wirklich ein netter Ort mit allerlei verschiedenen Geschäften. Dann brauche ich ja doch nicht so oft wie gedacht mit dem Bus zum Einkaufen nach Negenharrie oder nach Hanerau-Hademarschen fahren", schmunzelte die alte Dame. Erika freute sich über das gute Gedächtnis ihrer Mutter und deren offensichtlichen Humor.

Heimleiter Sören Kühl war wieder ganz der Alte: Sehr nett und charmant zu seinen Besucherinnen, die Kekse hatten diesmal sogar einen leckeren Schokoladenüberzug und der köstliche Darjeeling First Flush schmeckte, anders als der Tee beim ersten Besuch, nicht nach Jugendherberge. Als kleine Krönung gab es dazu Kandis und flüssige Sahne; alles fein nach Friesenart. Und die vertraglichen Angelegenheiten wurden schnell und unkompliziert geregelt.

Nur die Zimmernachbarin von Appartement 24, Frau Lore Speck, war noch genauso abweisend wie beim ersten Treffen. Ihre Jersey-Hose war immer noch braun, ihre Seidenbluse beige und die Strickjacke grau. Aber wie Erika Friedberg als aufmerksame Beobachterin gleich feststellte, war der Krimi, den sie studierte, ein anderer: Frau Speck hielt den Bordesholm Krimi Nr. 11 *Der Mord im Kieswerk* in den Händen. Während sie scheinbar konzentriert las, half Erika Friedberg ihrer Mutter beim Auspacken der beiden Reisetaschen und beim Einsortieren der Sachen in den Kleiderschrank. Lore Speck hob in regelmäßigen Abständen ihren Kopf und schaute misstrauisch auf Mutter und Tochter Friedberg. Entgegen sonstigen Gewohnheiten enthielt sie sich aber diesmal eines bissigen Kommentares. Erika verabschiedete sich mit einem guten Gefühl von ihrer Mutter.

„Mutti, ich schaue am Wochenende, wie es dir geht. Ansonsten können wir ja jeden Tag telefonieren. Aber bitte nicht im Büro anrufen, sonst kriegt mein Kollege Bielfeld noch die Krätze."

„Wieso das denn?", wunderte sich Käthe.

In der Bäckerei Rönnau hatte Erika zwei fruchtige Himbeer-Schnitten und zwei genauso leckere Mandelhörnchen gekauft. Zusammen mit Wilhelm Bielfeld gab es eine halbe Stunde später im Büro bei Kaffee und Kuchen einen interessanten Informationsaustausch. Erika erzählte aufgeregt von dem Umzug ihrer Mutter nach Bordesholm und von dem netten Heimleiter Sören Kühl.

„Komisch, irgendwie kommt der mir bekannt vor. Ich weiß aber nicht, woher."

„Vielleicht eine verflossene Tanzstundenliebe aus uralten Zeiten? Oder doch nur ein One-Night-Stand aus nicht ganz so alten Zeiten? Vielleicht von der Kieler Woche? Aus dem Bayernzelt womöglich?" Wilhelm Bielfeld konnte mal wieder nicht aus seiner Altmännerhaut schlüpfen.

„Nee, Wilhelm, das bestimmt nicht. Aber ich weiß, dass ich ihn schon mal gesehen habe."

„Hoffentlich nicht in dem Zusammenhang mit der Sache, von der ich dir leider noch berichten muss." Kriminalhauptkommissar Bielfeld knetete nervös seine Hände. Tief seufzend erzählte er seiner Lieblingskollegin von der Obduktion der Altenpflegerin. „Es steht fest, dass Frau Helene Tischer getötet worden ist, sehr wahrscheinlich sogar vorsätzlich. Und zwar durch eine Insulininjektion." Ohne ihr Mandelhörnchen zu Ende zu genießen, schaltete Erika Friedberg ihren Bildschirm ein. Aufgeregt tippte sie den Namen Sören Kühl in den Polizeicomputer. Nach minutenlanger Suche fand sie ihn: Geboren am 7. Mai 2002 in Kiel-Elmschenhagen, vorbestraft wegen unterschiedlicher Delikte nach dem Betäubungsmittelgesetz. Das Foto zeigte einen schlaksigen jungen Mann mit blonden Locken.

„Nee, das ist nicht mein Sören Kühl!" Ein bisschen erleichtert schaltete Erika Friedberg ihren Bildschirm aus. Und der Rest vom Mandelhörnchen schmeckte ihr wieder äußerst lecker.

9
Der begünstigte Plattenleger

„Wilhelm, hier muss es gleich rechts abgehen." Erika Friedberg hatte schon bei der Abfahrt in Kiel die Molfseer Anschrift von Mark Knopf-Eisen ins Navi eingegeben. Ihr Kollege Bielfeld war aber gerade ein unkonzentrierter Autofahrer. Sein Interesse richtete sich vielmehr auf das erst kürzlich eröffnete Jahr100Haus vom Freilichtmuseum Molfsee auf der gegenüberliegenden Straßenseite. „Die Idee mit den Sonderausstellungen finde ich prima. Gerade die aktuelle zum Thema ‚Spuren des kalten Krieges in Schleswig-Holstein' ist sicherlich sehr sehenswert, aber müssen die beiden neuen Gebäude unbedingt die Optik von verrosteten Schiffsplanken haben?" „Die Architekten und die Museumsleute werden sich etwas dabei gedacht haben, mein lieber Wilhelm. Aber nun konzentriere dich bitte auf den Lebensgefährten unseres Mordopfers."

Mark Knopf-Eisen begrüßte die beiden Kriminalpolizisten sehr freundlich im Vorgarten des schmucken, sehr gepflegt aussehenden Mehrfamilienhauses.
„Kommen sie bitte mit hoch, wir, äh, ich wohne im ersten Stock." Bei einer Tasse Kaffee fing der junge Mann an zu erzählen. „Ich bin so unglücklich über den Tod von Helene. Im letzten Sommer wollten wir heiraten. Wir hatten alles ganz genau geplant: Standesamt in Kiel, Kirche in Bordesholm und Essen und Feiern im Restaurant Drathenhof. Doch dann kam mit Corona der erste Lockdown. Wir haben alles auf dieses Jahr verschoben." Seine dunkelbraunen Augen waren tränengefüllt, die Bassstimme stockte. „Wir haben uns hier zusammen unser kleines Paradies geschaffen. Zwar nur zwei Zimmer, aber gemütlich und in einer tollen Gegend. Und für Helene lediglich ein paar Kilometer zur Arbeit."
Erika Friedberg stellte mit Kennerinnenblick fest, wie geschmack-

voll das Wohnzimmer eingerichtet war. Man merkt doch gleich den Einfluss einer Frau.

Mark Knopf-Eisen unterbrach ihre Gedanken. „Ich werde hier nicht mehr glücklich werden. Die vielen Erinnerungen an Helene tun so weh", schluchzte er. Kriminalhauptkommissar Bielfeld fand die demonstrativ gezeigte Trauer etwas übertrieben.

„Und wo soll es jetzt hingehen?"

„Ich bin ja, wie sie vielleicht wissen, seit etlichen Jahren ziemlich erfolgreich als Discjockey unterwegs. Aber auch hier hat Corona mir einen dicken Strich durch die Rechnung gemacht. Und von Vater Staat gab es kaum Unterstützung in dieser schweren Zeit, nur leere Versprechungen für uns Künstler. Zum Glück hatte Helene eine Risikolebensversicherung auf Gegenseitigkeit abgeschlossen. Ich werde das Geld, wenn die Allianz-Versicherung es endlich überwiesen hat, für einen Neuanfang auf Mallorca oder auf Kreta nutzen."

„Wieso gleich so weit weg?" Bei Bielfeld kam ein berufsbedingtes Misstrauen durch.

„Dort gibt es Gott sei Dank genügend Clubs und Diskotheken, in denen deutsche Urlauber von deutschsprechenden DJs unterhalten werden wollen. Und die Immobilienpreise sind dort viel moderater als bei uns."

„Um wieviel Geld handelt es sich denn bei der Lebensversicherung, wenn ich fragen darf." Frau Friedberg war mal wieder neugierig.

„In der Police steht eine Versicherungssumme von 250.000 Euro." Der DJ schaute nicht mehr so traurig aus.

„Gestatten sie mir noch einige Fragen zur Gesundheit von Frau Tischer? Hatte sie irgendwelche Krankheiten oder Beschwerden? War sie regelmäßig in ärztlicher Behandlung?" Erika Friedberg war immer noch wissbegierig.

„Helene war kerngesund. Termine zur Kontrolle hatte sie nur bei ihrer Frauenärztin und bei ihrem Zahnarzt; aber wie gesagt, alles nur Routine."

„Hatte sie Diabetes? Nahm sie Insulin-Präparate?"

Der Plattenleger schaute völlig überrascht. „Nein! Warum sollte sie?"

Bielfeld lenkte bewusst ab. „Gibt es noch Verwandte der Verstorbenen?"

„Nee, wir waren ganz auf uns alleine gestellt. Helenes Eltern sind vor zwei Jahren bei einem Unfall in den Berchtesgadener Bergen ums Leben gekommen. Ihr jüngerer Bruder ist als kleines Kind an Leukämie gestorben. Und meine Mutter hatte vor fünf Jahren ein scheußliches, sprich tödliches Aneurysma im Gehirn. Meinen Vater habe ich nie kennengelernt." Der Künstler schien auf Befehl weinen zu können.

„Herr Knopf-Eisen, wir werden sie verständigen, wenn die Staatsanwaltschaft die Leiche freigegeben hat, damit sie die Beerdigung ihrer Partnerin veranlassen können. Nächste Woche sollte es aber möglich sein." Erika Friedberg zeigte durch ihre Körperhaltung, dass sie das Gespräch für beendet hielt.

„Wenn ihnen noch etwas Wichtiges einfällt, melden sie sich bitte bei uns." Bielfeld zückte die obligate Visitenkarte aus der Brieftasche.

„Na, was meinst du? Ist unser Plattenstar ein Guter? Oder steckt er hinter dem Mord an Helene?" Friedberg hatte während des Gespräches immer wieder den skeptischen Gesichtsausdruck ihres Kollegen bemerkt.

„Wahrscheinlich hat er nur finanzielles Glück im persönlichen Unglück gehabt; soll es ja geben." Bielfeld dachte an seine teure Scheidung vor einigen Jahren.

„Apropos Glück, lass uns auf dem Weg nach Kiel noch leckeren Kuchen kaufen. Die Himbeerschnitten von Bäckerei Rönnau waren doch wahre Seelentröster!".

„Und wahre Hüftgoldspender!" Wilhelm Bielfeld schaute besorgt auf seinen knapp sitzenden Hosenbund.

„Ach Wilhelm, du weißt doch: Männer ab einem gewissen Alter

wirken doch mit einem kleinen Bäuchlein viel seriöser und stattlicher als die dünnen Hungerleider." Erika strahlte ihren Partner charmant an. Und Wilhelm hatte seine Ex schon wieder vergessen.

10
Der liebestolle Heimleiter

Aus Corona-Gründen bekamen die Damen und Herren des Rosengartens ihre Mahlzeiten nicht wie gewohnt im Speisesaal, sondern in ihren Appartements serviert. Lore Speck und Käthe Friedberg saßen sich an dem kleinen, runden Tisch gegenüber. Dieses alte Möbelstück mit den wackeligen Beinen bot kaum genügend Platz für zwei Frühstücksteller, zwei Kaffeebecher, für den Brotkorb und die Zutaten. Aber die beiden alten Damen waren rücksichtsvoll miteinander, und es ging. Frau Speck mümmelte mit ihrem noch vollständigen Gebiss das mit Leberwurst bestrichene Schwarzbrot, während Frau Friedberg sich trotz ihrer vielen Brücken im Mund über die frischen, krossen Brötchen mit Marmelade freute.

„Naja, das Essen im Rosengarten ist eigentlich immer in Ordnung, es wird hier zubereitet und nicht wie in anderen Heimen, von einem Caterer geliefert." Lore Speck wirkte heute viel aufgeschlossener als bisher. Auch ihre Zimmernachbarin hatte gute Laune.

„Ich bin so froh, dass ich nicht mehr selber kochen muss. Mein letzter Versuch endete mit einem Großeinsatz der Kieler Berufsfeuerwehr." Käthe Friedberg, die sich bis ins hohe Alter eine gewisse Portion Selbstironie bewahrt hatte, plauderte spannend und humorvoll über ihr Auflauf-Drama in der Goethestraße. Lore Speck hörte gebannt zu.

„Das kann man doch hervorragend zu einem Senioren-Krimi verarbeiten. Da muss es dann aber noch einige Tote oder wenigstens Schwerverletzte geben!"

„Liebe Frau Speck, das muss ich nicht haben. Durch meine Tochter Erika, die bei der Kriminalpolizei in Kiel arbeitet, höre ich so oft schlimme Sachen."

„Ach, ihre Tochter ist Kriminalpolizistin? Das ist ja interessant! Ich habe fast mein ganzes Leben als Realschullehrerin gearbeitet, ich habe da dummerweise die richtige Spannung und Aufregung vermisst. Nach meiner Pensionierung habe ich angefangen, leidenschaftlich gerne Kriminalromane zu lesen."

„Das ist auch viel besser, als Tatortkrimis oder sonstige TV-Thriller zu sehen. Wenn man dort etwas nicht verstanden hat, kann man nicht einfach zurückblättern."

„Stimmt! Das ist beim Fernsehen äußerst schwierig, das geht mir genauso." Die beiden alten Damen hatten richtig Spaß aneinander gefunden.

„Erzählen sie Frau Speck, was ist eigentlich mit der jungen Pflegerin passiert? Woran ist sie denn gestorben? Ich habe sie leider nicht mehr kennengelernt. Sie soll ja so hübsch und sehr nett gewesen sein, wie ich gehört habe."

„Da sagen sie was, Frau Friedberg. Das haben die männlichen Mitarbeiter vom Rosengarten auch so empfunden."

„Helfen sie mir bitte auf die Sprünge."

„Ich will ja keine Gerüchte in die Welt setzen, aber der Verlobte von der Frau Tischer soll ein ziemlicher Waschlappen sein. Beruflich versuchte er sein Glück als Entertainer, wie er es selbst immer ausgedrückt hatte. Tatsächlich war er wohl nur ein ziemlich erfolgloser Discjockey. Und außerdem war er in meinen Augen ein Hänfling, passte überhaupt nicht zu dieser schicken Frau!"

„Und da haben die Herren des Rosengartens auf eine Nachfolgeregelung spekuliert?" Käthe Friedberg bekam vor Eifer eine rosige Gesichtsfarbe.

„Ich war ja nicht dabei, aber unser junger Azubi Freddy Frischkorn hat angeblich gesehen, wie unser Heimleiter versucht hat, Frau Tischer im Auto zu küssen." Lore Speck hielt sich den rechten Zeigefinger vor den Mund. „Aber nicht weitererzählen!"

„Nein, nein! Ich kann schweigen wie ein Grab." Bei aller Sympathie, aber Käthe Friedberg konnte sich den dicken Kühl wirklich nicht als feurigen Romeo vorstellen. „Unser Heimleiter entspricht sicherlich nicht dem Image des temperamentvollen Liebhabers." Lore Speck schien Gedanken lesen zu können.

„Aber unser Hausmeister Konrad Krause! Den hätte ich als junge Frau bestimmt nicht von der Bettkante gestoßen! Und wie einige Damen aus dem Haus berichten, sollen er und Helene Tischer auffallend eng und äußerst gerne zusammen gearbeitet haben. Für das Einrichten von Appartement Nummer sechs sollen die beiden sehr, sehr viel Zeit gebraucht haben. Und alles bei verschlossener Tür und mit wohl eindeutigen Geräuschen! Und das laute Gestöhne kam bestimmt nicht vom Möbelrücken."

„Und der Waschlappen-Verlobte von Frau Tischer? Hat der etwas vom guten Betriebsklima im Rosengarten mitbekommen? Steckt er vielleicht hinter dem plötzlichen Tod?" Den beiden Seniorinnen war die Spannung deutlich anzumerken. Käthe Friedberg empfand das bisher auf sie so bürgerlich und langweilig wirkende Bordesholm als einen sehr aufregenden Ort.

11
Die Gutmenschen vom Rosengarten

„Erika, fahr du mal, du kennst den Weg zum Rosengarten ja mittlerweile in- und auswendig." Wilhelm Bielfeld drückte seiner Kollegin die Autoschlüssel in die Hand.

„Mach ich doch gerne, Wilhelm. Aber bevor du gleich in deinen typischen Beifahrer-Schlaf verfällst, notiere dir schon mal ein paar Stichpunkte für unser Gespräch."

„Häh? Das haben wir noch nie gemacht!"

„Aber wir haben auch noch nie an Orten ermitteln müssen, wo Blutsverwandte von uns wohnen, mein lieber Wilhelm! Den ersten Gesprächspunkt kriegst du gleich von mir. Ups!" Erika stieg voll in die Eisen, um ihrem Vordermann, der vorsichtigerweise an einer gelben Ampel im Knooper Weg gebremst hatte, nicht ins Heck zu rauschen. Bielfeld flog fast in die Frontscheibe.

„Erika, wenn du weiter wie Sebastian Vettel in seinen besten Red-Bull-Tagen fährst, kann ich mich unmöglich auf die Arbeit konzentrieren."

„Entschuldigung! Ich passe besser auf und du schnallst dich bitte an. Aber hier nun die ersten Punkte: Gibt es im Rosengarten Insulinspritzen? Und wie werden diese aufbewahrt? Wer vom Personal kommt an diese Spritzen?" Bielfeld tippte die Fragen in sein I-Phone.

„Dass ihr Frauen immer so sachlich sein müsst. Ich bevorzuge bekanntlich die persönliche Schiene." Erika biss vor Lachen fast ins Lenkrad.

„Ja, Wilhelm, ich weiß! Gerade bei deinen Kolleginnen aus Nah und Fern, sprich aus Kiel und Hamburg. Ich habe es ja am eigenen Leib erfahren dürfen." Wilhelm zuckte zusammen, er erinnerte sich nur sehr ungerne an ihr Techtelmechtel ohne Happy End auf der Rückbank des Passats. Dann schon lieber an die Treffen mit Petra Steffens, der liebestollen Kollegin aus der Hansestadt.

„Lass' gut sein, Erika. Ich meine in diesem Fall, ob es im Rosengarten Menschen gibt, die, aus welchen Gründen auch immer, eifersüchtig, neidisch oder fürchterlich böse auf die fromme Helene sind." Während der restlichen Fahrt nach Bordesholm bearbeitete Kriminalhauptkommissar Wilhelm Bielfeld schweigend sein Handy und Kriminaloberkommissarin Erika Friedberg versuchte, sich auf das Autofahren zu konzentrieren.

„Hallo Herr Kühl, ich hatte sie ja am Telefon kurz über die Hintergründe unseres Besuches informiert. Das ist mein Kollege Wilhelm Bielfeld." Erika und Wilhelm verzichteten auf das Vorzeigen ihrer Dienstausweise. Sören Kühl schien ein ganz anderer Mensch zu sein als bei seinen vergangenen Treffen mit der Kriminalkommissarin. Blass und übelriechend saß er zusammengesunken hinter seinem Schreibtisch; Tee und Kekse fehlten diesmal auch.

„Ach, Frau Friedberg, das klingt schrecklich, was sie mir im Vorwege angedeutet haben. Unsere Helene ist durch einen Mord ums Leben gekommen? Grauenhaft! Wie kann ich ihnen helfen, den Täter zu finden?" Der Heimleiter seufzte tief und griff zu einem Glas Wasser.

„Oh, entschuldigen sie bitte; darf ich ihnen etwas zu trinken anbieten?" Bielfeld und Friedberg schüttelten ihre Köpfe.

„Lieber Herr Kühl, ihre Mitarbeiterin Tischer ist sehr wahrscheinlich durch eine Überdosis Insulin umgebracht worden. Werden in ihrem Heim derartige Medikamente aufbewahrt und verabreicht?" Bielfeld versuchte es bewusst über die sachliche Gesprächsebene.

„Ja, Herr Kommissar. Natürlich. Unter unseren ungefähr einhundert Bewohnern und Bewohnerinnen gibt es permanent etliche Diabetes-Patienten, die regelmäßig ihre Insulin-Spritze benötigen. Und bei eventuellen Notsituationen, sprich bei Vorliegen eines stark erhöhten Blutzuckerspiegels, kann es im schlimmsten Fall zu Bewusstseinsstörungen bis hin zur Bewusstlosigkeit, dem sogenannten diabetischen Koma, kommen. Bevor die alten Leute ins Krankenhaus müssen, verabreichen wir ihnen völlig legal und meistens auch erfolgreich die Insulinmedikation." Bielfeld nickte und schaute auf sein Handy.

„Und wo und wie werden diese Insulin-Spritzen aufbewahrt? Und wer vom Personal hat darauf Zugriff?"

„Die Ampullen werden im Stationszimmer in einem extra dafür aufgestellten Kühlschrank verwahrt. Über die Anzahl der Medikamente führen wir eine Extra-Inventarliste. Und wer vom Personal Zugriff hat? All die Pflegefachkräfte, die grundsätzlich Injektionen verabreichen dürfen. Also fast alle, mit Ausnahme des Reinigungs- und Aushilfspersonals." Sören Kühl stand etwas behäbig von seinem Schreibtischstuhl auf und gab den Polizisten zu verstehen, ihm bitte zu folgen. Im Stationszimmer saßen zwei Pflegerinnen beim Nachmittagskaffee und tratschten über die aktuellsten Neuigkeiten aus Bordesholm und Umgebung. Bielfeld und Friedberg stellten sich kurz vor und ließen sich vom Heimleiter den Kühlschrank mit den Insulinspritzen und die aktuelle Inventarliste zeigen.

„Danach müssen neunzehn Ampullen im Schrank vorrätig sein." Kühl zählte halblaut nach: „... achtzehn, neunzehn, stimmt!"

Die drei verabschiedeten sich freundlich von den beiden Kaffeedamen und kehrten ins Chefzimmer zurück.

„Ist es denn nicht möglich, dass irgendjemand betriebsfremdes eine derartige Spritze verabreicht hat? Vom Personal und vor allem von den Bewohnern hat doch wirklich keiner einen Grund, unsere beste und beliebteste Kollegin zu töten." Sören Kühl raufte sich den dicken Vollbart.

„Eifersucht? Neid? Hass? Der Mensch hat oft eine tiefschwarze Seele, die man leider nicht immer erkennt." Bielfeld hatte gerade seine philosophischen fünf Sekunden.

„Ach, Herr Kommissar! Unsere Bewohner sind viel zu alt und zu schwach, um so etwas zu machen. Und unser Personal ist wirklich von Natur aus human und sozial eingestellt. Das sind alle Gutmenschen in Perfektion!"

„Können wir denn die Kollegin, die Frau Tischer gefunden hatte, noch mal kurz sprechen?" Friedberg wollte zum Schluss noch mal konkreter werden.

„Frau Inge Beysel heißt die Dame?"

„Ja, genau." Kühl schaute auf die Personalanwesenheitsliste an der Wand.

„Frau Beysel ist gerade für eine Woche im Urlaub. Sie besucht ihre Mutter in NRW."

Auf dem Weg zum Ausgang überholten die Kriminalbeamten einen älteren, aber noch recht rüstig wirkenden Herrn, der bedächtig seinen Rollator durch den Flur schob. Als er Friedberg und Bielfeld ausweichen wollte, fiel eine dunkelbraune, abgewetzte College-Mappe aus Leder aus dem Korb des Rollators auf den Fußboden. Der Heimbewohner bückte sich unbeholfen, aber unsere sportliche Polizistin war schneller.

„Geben sie mir sofort die Aktentasche! Sie gehört mir", schnauzte der Mann Erika an. Friedberg und Bielfeld schauten sich verdutzt an.

„Selbstverständlich gerne, ich wollte ihnen nur helfen." Erika Friedberg versuchte, freundlich zu lächeln. Als sie dem Mann seine Tasche reichen wollte, riss er sie mit einer hektischen Bewegung an sich. An der Rezeption vom Rosengarten begrüßte er schon etwas freundlicher klingend die Heimmitarbeiterin.

„Guten Tag, Frau Petersen."

Sie schien ihn gut zu kennen: „Na, Herr Wiking, wieder geschäftlich unterwegs? Geht es wieder zum See?" Ohne etwas zu entgegnen, schob der alte Mann in Richtung Bordesholmer See davon.

Erika und Wilhelm waren schon wieder erstaunt: „Was betreibt Herr Wiking denn für Geschäfte?", fragte Erika die Rezeptionsdame.

„Kann ich nicht sagen, war mehr so ein Spaß!", wimmelte Frau Petersen ab.

„Wo Mutti hier wohl gelandet ist?" Erika machte sich ernsthafte Gedanken über den Rosengarten.

12
Das Haus in Plakias

„Plakias? Wie kommen sie auf Plakias?" Immobilienmakler Hans Häusler hatte noch nicht genau verstanden, was sein Gesprächspartner eigentlich wollte. Eine Kapitalanlage? Ein Objekt als eigenen Wohnsitz? Oder als Urlaubsdomizil?

„Herr? Wie war noch einmal ihr Name?"

„Knopf-Eisen, Mark Knopf-Eisen aus Molfsee."

„Entschuldigung, Herr Knopf-Eisen, meine Sekretärin hatte ihren Namen leider zu undeutlich ausgesprochen. Also zurück zu meiner Eingangsfrage: Wie kommen sie auf Plakias?"

„Ja, lieber Herr Häusler, ich verbinde mit diesem Ort sehr schöne Kreta-Urlaubsreisen. Viel Sonne, herrliche Strände, anspruchsvolle Wandertouren durch die Berge und nicht zuletzt eine freundliche und abwechslungsreiche Gastronomie."

„Und beabsichtigen sie, dort selber zu wohnen? Oder soll es eine Kapitalanlage werden?"

„Ich werde dort leben und arbeiten. Ich war die letzten Jahre als DJ tätig; dieser Beruf ist aber leider in Deutschland wegen Corona zum Aussterben verurteilt. Durch eine Erbschaft werde ich in Kürze zu einer recht stattlichen Summe Geld kommen. Diese Tatsache und andere Gründe, die hier nichts zur Sache tun, haben mich bewogen, mein bisheriges Leben von Grund auf zu verändern. Hinzu kommt, dass es auf Kreta weiterhin vielfältige Arbeitsmöglichkeiten für Entertainer wie mich gibt." Der DJ grinste blöd. Hans Häusler empfand sein Gegenüber als ausgesprochen unsympathisch: Arrogant, ungepflegt und nach Alkohol stinkend. Ein exquisiter Mix, er war aber andere Klienten gewöhnt. Andererseits schien der Herr Geld zu haben oder wenigstens welches zu erwarten. Und die Provisionssätze für Haus- und Wohnungsmakler waren immer noch sehr lukrativ.

„Also, Herr Knopf-Eisen, der Immobilienerwerb auf Kreta ist

grundsätzlich für alle EU-Bürger möglich und gerade auch in heutigen Zeiten als sehr attraktiv zu bewerten. Die Insel ist bei Urlaubern aus Deutschland und aus England äußerst beliebt, ähnlich wie Mallorca. Die Immobilienpreise sind in Griechenland aber erstaunlicherweise viel entspannter als in Spanien. Sie liegen auf den Inseln je nach Größe, Ausstattung und Lage des Objektes bei ungefähr 1.000 bis 1.500 Euro je Quadratmeter. Begünstigend kommen Steuervorteile hinzu, die griechische Regierung hat beispielsweise gerade die Grunderwerbssteuer von zehn auf drei Prozent gesenkt."

„Das klingt doch alles sehr verlockend!" Mark Knopf-Eisen war die Trauer über den Tod von Helene Tischer nicht allzu stark anzumerken. Dagegen sprach sein dauerhaftes, breites Grinsen.

„An welchen Typ von Unterkunft haben sie denn gedacht? Ein Appartement oder ein allein stehendes Haus? Und welcher Preisrahmen schwebt ihnen vor?" Der Immobilienhai witterte Beute.

„Ich werde circa 200.000 Euro investieren können, eine Eigentumswohnung von 80 bis 100 Quadratmetern wäre angemessen. Auf jeden Fall sollte sie einen Balkon mit Meeresblick haben." Der DJ kam ins Schwärmen.

„Lieber Herr Knopf-Eisen, ich werde heute Abend Kontakt zu unserer Filiale in Rethymnon aufnehmen und ihre Daten und Wünsche übermitteln. Sie bekommen dann innerhalb der nächsten vierzehn Tage entsprechende Angebote mit den dazugehörigen Exposes über die freien Objekte zugeschickt. Ihre Zugangsdaten hatte meine Sekretärin ja vermerkt?"

„Ja, das hatte sie schon erledigt. Vielen Dank für ihre Hilfe, Herr Häusler."

„Und über die sonstigen Besonderheiten eines Immobilienkaufes im Ausland werde ich sie dann gerne und ausführlich informieren."

Der Entertainer wollte jetzt die Allianz-Versicherung auf zeitnahe Auszahlung der Versicherungssumme drängen. Und dann bloß weg aus Deutschland. Der sonnige Süden ruft!

13
Das Duzen der alten Damen

„Äh, wir haben ja festgestellt, dass ich die Ältere von uns beiden bin." Lore Speck wirkte etwas unsicher. „Außerdem wohne ich schon länger im Rosengarten. Also, ich heiße Lore und würde es sehr schön finden, wenn wir uns ab heute duzen könnten." Käthe Friedberg strahlte zurück.

„Sehr gerne, liebe Lore, ich bin die Käthe!" Lore Speck fiel ein Wackerstein vom Herzen. Sie freute sich immer mehr über die Gespräche mit ihrer netten Nachbarin; sie hatte aber auch schon früher erlebt, dass Leute aus dem Heim ihr Duzangebot freundlich, aber bestimmt abgelehnt hatten. Lore und Käthe saßen seit einiger Zeit jeden Nachmittag bei Kaffee und Keksen auf der Terrasse des Rosengartens. Und wenn sich andere Bewohner ins Freie trauten, achteten die Beiden darauf, dass sich keiner in ihrer unmittelbaren Nähe hinsetzte.

„Sie wissen doch, dass wir wegen der Seuche Abstände einzuhalten haben." Frau Speck hatte immer noch gegenüber distanzlosen Mitmenschen ihren gestrengen Lehrerinnen-Blick drauf und übte damit selbst auf gestandene Personen eine gewisse Autorität aus. Und so hatten die beiden Hobby-Kriminologinnen genügend Zeit und Platz, ihre neuesten Gedanken zum Ableben von Helene Tischer auszutauschen.

„Ich glaube einfach nicht, dass eine so junge und sportliche Frau eines natürlichen Todes stirbt." Vielleicht hatte Lore Speck in den letzten zwanzig Jahren doch zu viele Kriminalromane gelesen. Aber auch Käthe Friedberg fand die Todesumstände der Pflegerin merkwürdig.

„Ich habe schon meine Tochter darauf angesprochen. Aber die sagt nichts und bezieht sich auf ihre Verschwiegenheitpflicht als Beamtin. Ist ja auch in Ordnung. Ich frage mich, ob es auch verdächtig sein kann, dass die Heimleitung uns nicht über die genauen Gründe informiert hat? Steckt der Herr Kühl doch hinter der Sache?"

„In den meisten Krimis, und ich denke auch bei sehr vielen realen Verbrechen, spielen Serientäter eine böse Rolle. Vielleicht ist Mister oder Missis Unbekannt schon mal ähnlich auffällig geworden?"

„Aber wie wollen wir das herausfinden, Lore?" Käthe suchte nach Möglichkeiten, aber ihr fiel nichts ein. Lore knabberte gedankenverloren an ihrem Bahlsen-Butterkeks.

„Käthe, ich glaube, ich habe eine gute Idee! Seit vielen Jahren lese ich ja nicht nur Krimis sondern auch die Kieler Nachrichten. Und wenn ich dortige Berichte spannend oder wichtig finde, schneide ich sie aus und bewahre sie in meinem Privatarchiv auf. Mittlerweile dürfte ich dort über 200 Artikel gesammelt haben."

„Und wo befindet sich deine Bibliothek?" Lore vergewisserte sich, dass auch kein Zuhörer in der Nähe war. „In der untersten Schublade meines Kleiderschrankes. Da schaut auch keine Pflegekraft nach, wenn die mir etwas aus dem Schrank holen soll." Lore flüsterte. „Zum Bücken sind die doch alle zu bequem. Wir sollten uns auf ungeklärte Todesfälle in Alten- und Pflegeheimen konzentrieren. Egal ob Personal oder Bewohner: Jeder kann ein Motiv für Mord und Totschlag haben."

„Aber im friedlichen Rosengarten? Ich muss zugeben, dass ich hier in der kurzen Zeit kaum einen wirklich kennengelernt habe. Aber warum sollte es bei uns so einen bösen Menschen geben? Und wer sollte das sein?"

Lore überlegte: „Der Heimleiter als abgelehnter Liebhaber? Oder Hausmeister Krause, weil Helene mehr wollte, als er zu geben bereit war? Oder der Herr Wiking mit seinen obskuren Gängen an den See? Und was trägt er jedes Mal in seiner braunen Tasche spazieren? Entenfutter bestimmt nicht! Oder doch der nichtsnutzige Lebenspartner von Helene? Rätsel über Rätsel!"

„Heute Abend gibt es nur Fußball und blöde Quizsendungen im Fernsehen. Wollen wir die Zeit nach dem Abendessen nutzen und uns deine Artikel gemeinsam durchlesen?" Die beiden Frauen konnten das Abendbrot kaum erwarten. Sie freuten sich, mal wieder eine wichtige Aufgabe zu haben. Und sie würden etwas finden, da waren sie sich sicher.

14
Der tote Mann auf der Bank

„Komm, Belea. Heute fahren wir zum Bordesholmer See, damit du mal wieder richtig schwimmen kannst!" Rita Fischer aus Groß Buchwald kraulte liebevoll ihre prächtige, schwarzmarkene Hovawart-Hündin. Die freute sich auf den Ausflug und kletterte schwanzwedelnd auf die Rückbank des Volkswagen Caddy. Am Parkplatz beim Alten Kreishaus angekommen, musste Belea die ersten dreihundert Meter an der Leine bleiben. Aber als die beiden das Klosterstift hinter sich gelassen hatten, ließ die grauhaarige Frau ihre Hündin von der Schnur. Rita Fischer wusste, dass Belea sehr gehorsam war und trotz ihrer rassetypischen Wachsamkeit kein ungebührliches Interesse an fremden Menschen oder Hunden zeigte. Um diese Tageszeit waren normalerweise nur wenige Fußgänger und Radfahrer hier, so stand einem unbeschwerten und forschen Hundespaziergang rund um den Bordesholmer See nichts im Wege. Die alljährliche Blaualgenblüte hatte noch nicht eingesetzt, so dass Belea ihre übergroße Lust auf Baden und Schwimmen wohl ohne Gesundheitsgefährdung befriedigen konnte. Die Hündin durfte bei ihren gemeinsamen Runden immer an denselben zwei Stellen ins Wasser: An der Westseite des Sees in Höhe der Vogelwiese und knapp eine halbe Stunde später am Südostzipfel des Bordesholmer Sees beim Sudberg. Frau und Hündin marschierten entspannt und das schöne, sonnige Wetter genießend, den Wanderweg entlang. Doch wenige hundert Meter vor Erreichen der ersten Badestelle geschah es: Die Rassehündin gab plötzlich Gas und stürmte wild bellend und mit wehenden Ohren in Richtung Vogelwiese, Ritas lautes und sehr bestimmtes Kommando ‚Belea hier!' völlig ignorierend. Trotz ihrer antrainierten Sportlichkeit hatte die Hundeführerin keinerlei Chancen, die Hovawart-Hündin zu stoppen oder gar zu erreichen. Mit Entsetzen sah Rita von weitem, wie Belea einen Mann ansprang, der dort einsam und alleine auf einer der zahlreichen Parkbänke saß, neben sich einen Rollator stehend.

„Mein Gott, hoffentlich passiert da nichts Schlimmes!". Rita war ziemlich außer Atem, als sie die Bank erreichte. In dem Moment stupste ihre immer noch heftig lautgebende Hündin den offensichtlich alten Mann erneut an. „Scheiße!" Rita wurde jetzt doch etwas panisch, als sie realisierte, wie der Alte leblos zur Seite auf den Boden fiel. Die Hündin stand daneben, noch aufgeregter bellend als vorher. Rita war vor vielen Jahren als Polizeibeamtin tätig gewesen und hatte berufsmäßig bei ihren Einsätzen viele fürchterliche Situationen gemeistert. Aber dieses hier war etwas Anderes! Trotzdem blieb sie nervenstark und schaffte es auch, die Hündin zu beruhigen.

Sie sprach den offensichtlich bewusstlosen Mann an: „Hallo, hören sie mich?" Aber er reagierte nicht, starrte nur teilnahmslos in den blauen Himmel. Rita besann sich ihrer diversen Erste-Hilfe-Kurse und wollte bei dem Leblosen Atmung und Puls überprüfen. Sie streckte ihren rechten Arm zur Halsschlagader des Mannes. Und sie erschrak fürchterlich: Rings um dessen Hals verlief eine sehr dünne, aber sehr tiefe Wunde. Die ehemalige Polizistin erkannte sofort, dass da jemand auf ganz grausame Weise erwürgt worden war.

112 und 110. Über ihr Handy hatte Rita Fischer sofort den Rettungsdienst und die Polizei informiert.

„Am Bordesholmer See bei der Vogelwiese, an der Bank Nummer zehn, liegt eine leblose Person. Es besteht der begründete Verdacht auf eine Straftat!" Auch wenn sie das Gefühl hatte, dass bis zum Ertönen der Martinshörner eine Ewigkeit vergangen war, trafen Polizei und Rettungskräfte vom DRK in weniger als zehn Minuten am Ort des Geschehens ein. Ab jetzt herrschte Einsatz-Routine: Untersuchen des Opfers durch den Notarzt, Absperren des Tatortes und Spurensuche durch die Polizeibeamten. Eine nette Kollegin bot Rita Fischer Tee aus ihrer Thermoskanne und einen Schokoriegel an.

„Ist gut für die Nerven!"

Während der Leichnam abtransportiert wurde, gab Frau Fischer ihre Personalien an. Auf die Frage nach eventuellen Menschen in Tatortnähe schüttelte sie nur stumm den Kopf. Die nette Beamtin packte ihre Unterlagen nebst der Thermoskanne ein und wollte gerade in das Polizeifahrzeug steigen.

„Halt! Stop! Mir ist doch noch etwas eingefallen!" Rita hatte als Hundebesitzerin eine recht laute Stimme. „Bevor meine Hündin losgestürmt ist, kam mir ein Mensch in der Nähe der Vogelwiese auf einem Mountain-Bike entgegen. Als er uns sah, drehte er um und ist sehr schnell in Richtung des Parkplatzes gefahren."

„Mann oder Frau? Dick oder dünn? Alt oder jung?" Die Polizistin versuchte, detailliertere Informationen zu bekommen, aber vergeblich.

„Durch die Gesichtsmaske und durch die Mütze konnte ich das alles nicht erkennen. Aber von der Figur her: Sehr sportlich und athletisch." Die Polizeibeamtin ergänzte ihre schriftlichen Notizen.

„Ach ja." Rita fiel noch etwas ein.

„Bekleidet war er oder sie mit dunklen Sportklamotten, und das Fahrrad war auch schwarz."

Rita Fischer fuhr mit einem sehr unguten Gefühl zurück nach Groß Buchwald.

15
Die Altenpflegerin und der Teufel

Bielfeld und Friedberg kamen in der Tötungssache Helene Tischer einfach nicht weiter. Keine wirklich heißen Spuren, die zum Täter führen könnten. Die beiden Polizisten standen etwas ratlos in ihrem Büro und starrten auf die Pinnwand mit den diversen Fotos und Notizen zum Fall. Erika zeigte auf die beiden Bilder vom Mordopfer und ihrem Verlobten.

„Tut mir leid, aber irgendwie passen die beiden überhaupt nicht zusammen, schon äußerlich! Auf der einen Seite diese junge, attraktive Frau, bei allen beliebt und im Beruf anerkannt und erfolgreich. Auf der anderen Seite dieser nach Nichts aussehende Loser-Typ, der jetzt sogar beabsichtigt, sich ins Ausland abzusetzen. Und der letztendlich über die Lebensversicherung einen beträchtlichen finanziellen Gewinn erzielen wird." Wilhelm kratzte sich am Kopf.

„Du hast ja wohl Recht, Erika. Aber auch wenn du neuerdings gute Drähte zur Staatsanwaltschaft hast, für einen Haftbefehl reicht das vorne und hinten nicht aus."

„Ist mir auch klar, du Klugscheißer. Wen hast du denn im Rohr?" Ihr Kollege zuckte mit den Schultern.

„Das Personal vom Rosengarten sehe ich alleine wegen der Insulin-Geschichte grundsätzlich als verdächtig an. Aber warum sollte ein Heimleiter eine seiner besten Kräfte umbringen? Gerade in Zeiten der absoluten Personalnot im Pflegebereich?„

„Und die Kollegin Inge Beysel? Wollen wir mit der einmal sprechen? Das ist doch diejenige, die Frau Tischer als letzte lebend gesehen hat."

„Eine gute Idee! Sie könnte uns eventuell Neuigkeiten erzählen. Frau Beysel müsste auch von ihrem Mutti-Urlaub inzwischen wieder zurück sein. Lass uns nach Bordesholm fahren. Vielleicht ergeben sich im Rosengarten neue Aspekte für uns. Und du kannst hinterher kurz deine Mutter besuchen."

Das Gespräch mit der Altenpflegerin Inge Beysel verlief nett und freundlich.

„Mir steckt der Schock über den schrecklichen Tod von Helene immer noch in den Knochen. Wir hatten eine kurze Arbeitspause ausgenutzt, um im Personalraum einen Kaffee zu trinken und etwas zu schnacken. Ich erzählte Helene, dass ich meine alte und kranke Mutter in Dortmund besuchen wollte. Sie erwähnte beiläufig den tödlichen Bergunfall ihrer Eltern. Ich glaube, Helene hat mich seit dem Unglück immer ein wenig als Ersatzmutter angesehen. Kam vom Altersunterschied ja auch hin." Inge Beysel wischte sich ein paar Tränen aus den Augenwinkeln.

„Hat Frau Tischer ihnen auch sonst Privates erzählt? Sorgen, Nöte, Hoffnungen?" Erika Friedberg kehrte mal wieder die verständnisvolle Polizistin raus.

„Vor einem Jahr war die geplante Heirat mit ihrem Verlobten natürlich ein wichtiges Thema. Dass die Hochzeit dann aus Pandemie-Gründen ins Wasser gefallen ist, war natürlich ein großer Schock für Helene."

„War sie glücklich mit ihrem Bräutigam?"

„Ja, natürlich! Sie hat immer, bis zuletzt, sehr von ihm geschwärmt. Er soll sie auch abgöttisch geliebt haben."

„Und hatte sie andere Verehrer? Sie war ja eine ungewöhnlich hübsche Frau." Inge Beysel rieb sich die Nase.

„Davon weiß ich nichts. Helene hat nie etwas Entsprechendes angedeutet." Wilhelm Bielfeld schaltete sich ins Gespräch ein.

„Und gab es vielleicht hier im Rosengarten Feinde oder Nebenbuhlerinnen? Kolleginnen, die eifersüchtig oder neidisch auf ihr Aussehen oder ihre Beliebtheit waren?" Inge Beysel lachte kurz auf.

„Wir sind doch hier nicht im Dschungelcamp. Alle Menschen im Rosengarten, ob vom Personal oder von den Gästen, haben Helene geliebt oder sehr gerne gemocht."

„Können sie uns bitte, auch wenn es ihnen weh tut, die letzten

Minuten von Helenes Leben schildern?" Inge Beysel schnäuzte in ein großes Taschentuch.

„Ich hatte vorhin erzählt, dass wir uns über unsere Familien unterhalten haben. Helene wirkte plötzlich etwas verwirrt. So wusste sie nicht mehr, in welchem Jahr ihre Eltern ums Leben gekommen sind. Dann hatte sie irrtümlicherweise angenommen, dass wir Wochenende hätten und sie am nächsten Tag frei haben würde. Als sie dann sogar auf meine Nachfrage äußerst gereizt reagiert hatte, fing ich an, mir ernsthafte Sorgen um sie zu machen. So kannte ich unsere Helene nicht!"

„Und was haben sie dann gemacht, Frau Beysel?"

„Ich habe sie gefragt, ob alles in Ordnung sei. Aber bevor sie antworten konnte, bekam sie einen schweren Schwindelanfall und musste sich hinlegen. Als sie anfing zu krampfen, bin ich schnell zu Herrn Kühl gelaufen. Von dort haben wir den Krankenwagen gerufen."

„Sie haben bestimmt mittlerweile gehört, dass ihre Kollegin wahrscheinlich durch eine Insulin-Injektion ums Leben gekommen ist. Gestatten sie mir folgende Fragen: Haben sie Zugang zu den entsprechenden Medikamenten? Und verabreichen sie die Insulin-Spritzen auch an ihre Heiminsassen?" Inge Beysel räusperte sich ziemlich laut und schaute den Kriminalhauptkommissar sehr vorwurfsvoll an.

„Also verehrter Herr Bielfeld, den Begriff Heiminsassen mögen wir hier überhaupt nicht! Unsere alten Menschen leben hier sehr gerne und vor allem freiwillig. Sie fühlen sich als Gäste und werden von uns auch entsprechend behandelt! Und um ihre Fragen zu beantworten: Natürlich bekomme ich den Zugang zu den Medikamenten. Aufgrund meiner Kurzsichtigkeit, gegen die auch meine Kontaktlinsen leider nicht wirklich helfen, hatte ich beim Spritzen zunehmend Probleme, die Venen der Patienten zu finden. Herr Kühl hatte mich dann netterweise von dieser Aufgabe entbunden." Das Läuten des Telefons von Frau Beysel unterbrach das Gespräch. „Wenn man vom Teufel spricht! Sören, was kann ich für dich tun?"... „Nee, habe ich leider auch nicht gesehen. Wahrscheinlich ist er auf seinem Spaziergang um den See aufgehalten worden. Ich kümmere mich aber und werde dann berichten! Tschüs." Sie legte den Hörer auf. „Nichts als Sorgen! Jetzt ist unser Herr Wiking verschwunden. Vielleicht geben wir unseren Bewohnern doch zu viele Freiheiten und die finden dann nicht den Weg zurück. Obwohl bei seinen Spaziergängen um den Bordesholmer See braucht er eigentlich immer nur geradeaus laufen. Naja, er wird schon wieder kommen!" Die Kriminalpolizisten merkten deutlich, dass ihre Gesprächspartnerin keine Zeit mehr für sie hatte.

„Frau Beysel, vielen Dank. Ich denke, das war es erstmal für heute. Und viel Erfolg bei der Suche nach Herrn Wiking." Wilhelm Bielfeld versuchte, nett zu lächeln.

„Ist es in Ordnung, wenn wir uns kurz mit einigen von ihren Gästen unterhalten?" Erika Friedberg hatte gut zugehört. „Vielleicht können sie uns weiterhelfen?"

„Machen sie gerne, Frau Friedberg. Aber die meisten sind alt und haben ein sehr schlechtes Gedächtnis. Die sind leider nicht so fit wie ihre Frau Mutter. Ich befürchte, da werden sie nicht viel Neues erfahren."

Die erfahrene Altenpflegerin sollte Recht behalten.

„Helene Tischer? Ist sie krank? Ich habe sie schon seit vielen Wochen nicht mehr gesehen. Was macht sie denn?" Die neunzig Jahre alte Erna Matthiesen vermittelte nicht den Eindruck, dass sie den Polizisten auf die Sprünge helfen könnte.

Ihre Zimmernachbarin, die 88-jährige Gertrud Petersen, wirkte noch beschränkter: „Die Helene war im Fernsehen schon so lange nicht mehr zu sehen! Und sie konnte doch immer so schön singen und tanzen! Hat sie jetzt eigentlich ihren neuen Freund geheiratet? In der Aktuellen war so ein netter Artikel über das Liebespaar." Wilhelm Bielfeld raufte sich mal wieder sein Haupthaar.

„Und deine Mutter? Können wir die als Undercover-Agent einstellen? Du kannst sie ja mit einem ausführlichen, gemeinsamen Fernsehabend belohnen!" Der Kommissar konnte sich diese kleine Spitze nicht verkneifen. Erika verstand den Witz ihres Kollegen sofort.

„Fragen wir sie doch gleich. Dort drüben auf der Terrasse sitzt sie mit ihrer neuen Freundin, ihrer Zimmernachbarin Lore Speck."

Die beiden Damen blinzelten sich verschmitzt zu, als Erika die Bitte um Unterstützung geäußert hatte.

„Ja, natürlich helfen wir der Polizei sehr gerne weiter! Aber bisher haben wir auch nichts in Erfahrung bringen können. Vielleicht können sie uns den aktuellen Ermittlungsstand mitteilen?" Lore Speck wirkte sehr zufrieden mit der Situation, Käthe Friedberg ebenfalls.

„Ich wohne erst seit einigen Tagen hier. Und die Frau Tischer habe ich unglücklicherweise gar nicht mehr kennengelernt. Also, von mir werdet ihr nichts erfahren können, tut mit wirklich sehr leid!"

Nachdem sich die beiden Kriminalpolizisten von unserem Rosengarten-Duo verabschiedet hatten, stieß Käthe ihre neue Freundin sanft in die Seite.

„Lore, ich glaube, ich habe noch ein oder zwei Pikkolo im Kleiderschrank. Die gönnen wir uns nachher auf dem Zimmer. Und dann schludern wir ein wenig über die Polizei. Aber nur im Allgemeinen, nicht über meine Tochter und ihren Kollegen."

„Eine famose Idee, Käthe. Ich kann ein paar Mon-Cherie-Pralinen für unsere kleine Feier beisteuern. Das wird bestimmt ein fröhlicher Abend!"

16
Die Krankenschwester und ihr Patient

In der Notaufnahme der Uniklinik Kiel herrschte mal wieder das normale Chaos, aber das profihaft geschulte und motivierte Personal kam mit den diversen Notfällen gut zurecht: Die angekündigte Einlieferung eines Rentners mit Verdacht auf Covid 19 erforderte spezielle Vorsichtsmaßnahmen, eine 80-Jährige mit den typischen Symptomen eines Herzinfarktes war zum Glück nicht in akuter Lebensgefahr und die beiden Schwerverletzten eines Verkehrsunfalles wirkten auch relativ stabil. Der jüngere der beiden hatte die Fahreigenschaften seines 14 Jahre alten BMW 325i Coupe völlig verkehrt eingeschätzt: 218 PS, Hinterradantrieb und eine regennasse Autobahn bildeten eine unvorteilhafte Kombination für einen frisch gebackenen Führerscheinbesitzer. Und die Leitplanke an der BAB 215 war stabiler gewesen als die Karosserie des schicken Boliden. Zeitgleich war ein jüngerer Mann mit einem Insulin-Schock eingeliefert worden. Obwohl er seit Jahren an Diabetes mellitus Typ 1 litt und entsprechende Erfahrungen mit der Insulin-Dosierung hatte, war die von ihm selbst gespritzte Dosis viel zu hoch gewesen. Zum Glück hatte die Besatzung des DRK-Rettungswagens eventuelle Krankheitsbilder erfragt, seinen Schwächeanfall korrekt gedeutet und mit der Abgabe von Traubenzucker die richtige Erste Hilfe geleistet.

„Nasrin, unser Insulin-Patient kann gleich mit dem Taxi nachhause fahren. Dr. Sauerbruch hat ihn genauestens untersucht, er ist wieder auf den Beinen. Kannst du bitte das Nötige veranlassen. Uns fehlen noch seine Daten für die Abrechnung." Oberschwester Karin war geschickt im Delegieren und die junge Krankenschwester Nasrin im Ausführen der Befehle. Sie ging freundlich lächelnd zu dem jungen Mann, der noch etwas mitgenommen aussehend, im Wartebereich Platz genommen hatte.

„Schön guten Tag, ich bin Schwester Nasrin und würde gerne von ihnen die Personaldaten aufnehmen."

„Selbstverständlich, hier ist meine Patientenkarte. Da müsste alles drauf stehen." Der Patient kramte in seiner Jeansjacke und zog die Plastikkarte aus der Brieftasche. Schwester Nasrin nahm sie und wollte die Daten in den PC eingeben. Sie stutzte: ‚Mark Knopf-Eisen? Den Namen kenne ich doch. Aber woher bloß?' Es verbot sich im Krankenhaus, derartige Fragen an die Patienten zu richten. Nasrin nahm den Mann unauffällig ins Visier, aber sie konnte ihn partout nicht in ihrem Gedächtnis unterbringen. Für eine ehemalige Liebelei fand sie ihn viel zu hässlich, als Klassenkamerad war er zu alt. Sie konzentrierte sich auf die Dateneingabe und reichte die Scheckkarte zurück.

„Soll ich ihnen noch ein Taxi rufen, Herr Knopf-Eisen? Nach Molfsee ist es zu weit für einen Spaziergang." Mark Knopf-Eisen lächelte unsicher.

„Ist lieb von ihnen, aber ich bewege mich gerne noch etwas an der frischen Luft. Taxen stehen hier auf dem Klinikgelände ja genügend herum. Vielen Dank!" Nasrin geleitete ihn noch zur Tür. Als er im Treppenhaus verschwunden war, fiel es ihr wie Schuppen aus den Augen. ‚Natürlich! Das ist doch der Typ, dessen Freundin im Altersheim umgebracht worden ist! Erika hatte doch seinen Namen am Wochenende erwähnt, als ich mit Finn bei ihr zum Brunch war und sie von der Sache im Rosengarten erzählt hatte. Das hier wird sie bestimmt brennend interessieren!' Um die ärztliche Schweigepflicht, der sie als Krankenschwester auch unterlag, machte sie sich keine großen Gedanken.

17
Die Gerichtsmedizinerin und ihr Gebiss

Gerichtsmedizinerin Dr. Kunigunde Frankenstein wischte sich den Schweiß von der Stirn.

„Ich werde auch nicht jünger." Und die Leichenöffnungen werden in meinem Alter nicht weniger anstrengend!" Sie blickte die beiden anwesenden Kriminalbeamten Bielfeld und Friedberg etwas vorwurfsvoll an. „Seitdem die in Bordesholm eine eigene Krimi-Edition haben, werde ich von Tötungsdelikten aus der Region quasi überrollt."

„Aber in dem heutigen Fall erleben wir eine Premiere." Erika Friedberg wusste nicht so recht, wie sie diesen Umstand werten sollte. „Zum ersten Mal in unserer Polizei-Laufbahn haben wir das Opfer noch lebendig kennengelernt. Sehr wahrscheinlich auf dem Weg zu seinem Mörder."

„Wie das?" Frau Dr. Frankenstein verstand den Hintergrund nicht.

„Dieser Herr hier mit dem Namen Sven Wiking lebte in dem Altenheim, in dem wir gerade ein weiteres Tötungsdelikt aufzuklären haben, den Insulin-Tod der jungen Helene Tischer. Die Altenpflegerin, die vor einigen Tagen bei ihnen auf dem Tisch lag."

„Herr Wiking wollte, als wir ihn zufällig im Rosengarten getroffen hatten, gerade einen Spaziergang um den Bordesholmer See machen. Dort ist er ungefähr zwei Stunden später von einer Passantin leblos aufgefunden worden." Wilhelm Bielfeld ergänzte die Worte seiner geschätzten Kollegin. Die Ärztin schaute skeptisch.

„Aber vermuten sie deshalb einen Zusammenhang zwischen den beiden Taten, mein lieber Bielfeld?"

„Aus meiner Sicht spräche für diese These nur die örtliche Nähe und der gemeinsame Bekanntenkreis der Opfer: Personal und Bewohnende des Rosengartens." Erika Friedberg antwortete gendermäßig korrekt.

„Dagegen spricht aber meiner Meinung nach die völlig unterschiedliche Art der Tötungshandlungen: Gift bei der Frau, Drahtschlinge bei dem Mann."

„Die Tatausführung zum Nachteil des Herrn Wiking ist geprägt durch eine sehr professionelle Vorgehensweise, gepaart mit einer starken Kraftausübung. So einfach ist es nicht, einem anderen Menschen, selbst wenn dieser schon alt und gebrechlich ist, eine Drahtschlinge um den Hals zu legen und ihn dann, sie entschuldigen meine Ausdrucksweise, so akkurat zu erwürgen. Da ist ja nicht viel Blut geflossen, es handelte sich um eine wirklich saubere Arbeit!" Frau Dr. Frankenstein, wie sie leibt und lebt.

Erika und Wilhelm wussten nicht, wohin sie schauen sollten. So richtig würden sie sich nie an die makabre Ausdrucksweise der Gerichtsmedizinerin gewöhnen können.

Bielfeld umging die Peinlichkeit und fragte weiter: „Könnte es sein, dass wir es hier mit einem Profikiller zu tun haben?"

Dr. Frankenstein holte etwas aus: „In der gängigen Literatur, also nicht bei den Krimischreibern, sondern in den Lehrbüchern der Gerichtsmediziner und der Kriminologen, geht man davon aus, dass ungefähr dreiviertel aller Giftmorde von Frauen begangen werden. Sie wollen damit eventuelle Kraftdefizite gegenüber ihren Opfern, das sind ja häufig die Ehemänner oder die Lebensgefährten, ausgleichen."

„Außerdem stehen sie oft genug in der Küche und haben dort die besten Möglichkeiten zum Giftmischen." Bielfeld wollte mal wieder witzig sein.

Frankenstein überging seinen Spruch und führte weiter aus: „Eine ähnliche Konstellation, also eine schwächere Person tötet die körperlich überlegene, sportlich-athletische Helene Tischer, könnte beim Insulin-Mord tatsächlich eine Rolle gespielt haben. Im zweiten Tötungsfall sieht es entsprechend anders aus: Ein schwaches und altes Opfer und ein wahrscheinlich starker und kräftiger Täter!" Bielfeld dachte sofort an den körperlich eher schwächlich wirkenden Verlobten als Giftmischer, aber auch an die ältere und kurzsichtige Kollegin

Beysel. Erika riss ihn aus seiner Gedankenwelt.

„Was mir einfällt, Wilhelm: Als wir Herrn Wiking im Rosengarten gesehen hatten, verteidigte er doch seine alte Aktentasche wie die englische Königin ihre Kronjuwelen. Das spricht dafür, dass er darin tatsächlich etwas sehr Wichtiges oder Wertvolles transportieren wollte. Und von dieser Tasche war im Polizeiprotokoll nicht die Rede. Am Tatort ist sie jedenfalls nicht aufgefunden worden."

„Stimmt, liebe Erika. Sehr gut beobachtet. Meinst du, wir haben es hier mit einem Raubmord zu tun? Aber was soll der alte Wiking denn an Schätzen dabei gehabt haben? Wiking-Autos vielleicht?"

„Ach Wilhelm." Erika verstand ihren Kollegen nicht immer.

„Liebe Frau Friedberg, lieber Herr Bielfeld, das ist nicht meine Baustelle. Sie bekommen spätestens übermorgen den schriftlichen Obduktionsbericht. Ich habe heute Nachmittag leider einen Zahnarzttermin." Frau Dr. Frankenstein bleckte mal wieder ihr Pferdegebiss.

„Ich will mir endlich mal den Überbiss richten lassen. Eine teure und aufwendige Behandlung." ‚Das wird auch mal Zeit', dachte Erika.

„Na, denn viel Spaß dabei!" Wilhelm gönnte ihr die Schmerzen auf dem Behandlungsstuhl ein wenig.

18
Der Mumm-Sekt und die alten Damen

„Prösterchen, Käthe!" Lore Speck hob fröhlich ihr Sektglas in die Höhe. Wie hatte sich die früher so missgelaunte Frau doch zu ihrem Vorteil verändert. Lag es an der vierten Piccolo-Flasche Mumm-Sekt, den sie gerade mit ihrer Zimmernachbarin gemeinsam geleert hatte? Oder war es die Familienpackung Mon Cheri, die die beiden Damen beim Durchblättern des Zeitungsarchivs so nebenbei vernaschst hatten? Ja und nein: Es war auch etwas Anderes!

„Ich bin so glücklich, dass wir Beiden zusammen eine sinnvolle Tätigkeit gefunden haben. Immer nur Bingo und Mensch ärgere dich nicht mit den alten Leuten; das wird auf Dauer doch zu langweilig." Auch Käthe freute sich über den Stimmungswechsel ihrer neuen Freundin.

„Du hast Recht, Lore! Den Mörder von Helene Tischer zu suchen, ist eine äußerst wichtige Aufgabe für uns. Aber nun lass uns auch noch die letzten Artikel deiner Privatbibliothek durchforsten."

„Aber erst noch ein Schlückchen Mumm, der ist so lecker! Auf die Gesundheit!" Lore hatte zum ersten Mal seit langer Zeit Eifer-Bäckchen in ihrem faltigen Gesicht. Endlich fiel ihre jahrzehntelange Krimi-Begeisterung auf fruchtbaren Boden.

Nachdem sie die ersten 150 Artikel aus dem Zeitungsarchiv ergebnislos studiert und wieder auf dem Boden des Kleiderschrankes verstaut hatten, breiteten sie den zweiten Haufen Papier auf Lores Bett aus. Nach einer kurzen Schaffenspause machten sich die beiden alten Damen an die weitere Mördersuche.

Und das Glück war mit den Tüchtigen: „Oh Käthe, du glaubst nicht, was ich gefunden habe!" Lores Pulsschlag erreichte bedenkliche Werte, mit zitternden Händen reichte sie ihrer Zimmergenossin einen relativ aktuellen Artikel aus der Kieler Nachrichten.

Käthe rückte ihre Lesebrille zurecht und las erstaunt: „Rechts der Vater des getöteten Entführers, Herr Sönke Kühl aus Bordesholm." Daneben ein schwarz-weiß-Foto, das den Heimleiter zusammen mit seinem Rechtsanwalt Thilo Pfennigschmidt aus Hamburg zeigte.

*

„Darauf einen Dujardin!" Lore holte zwei Cocnac-Schwenker und eine Flasche Weinbrand aus ihrem Schrank.

Die Ladies hielten die gut gefüllten Gläser in die Höhe: „Großes Ehrenwort, wir passen gegenseitig auf, dass uns nichts passiert! Und dem Herrn Kühl gehen wir zukünftig aus dem Weg, mag er noch so leckere Kekse auf dem Schreibtisch stehen haben!"

Lores Stimme zitterte etwas. „Ist es eigentlich sehr bedenklich, liebe Käthe, dass ich den Zeitungsartikel über unseren Heimleiter in der Zwischenzeit völlig vergessen habe? Meinst du, das liegt an dem regelmäßigen Dujardin zum Abendessen?"

Käthe lachte: „Ach was, Lore. Eher an den vielen Mon Cheri danach als Betthupferl."

„Aber unabhängig davon wäre es gut, wenn du deiner Tochter bald von dem Artikel erzählst. Man weiß ja nie, ob die Familie Kühl eventuelle Verbrecher-Gene hat. Versprochen?"

„Versprochen, mache ich gleich morgen, wenn ich mit Erika telefoniere."

„Aber nicht vergessen!"

„Nein, aber ich esse auch nicht so viele Schnaps-Pralinen wie du, liebe Lore." Sektselig machten sich die beiden alten Damen für die Nachtruhe zurecht. Und beide genossen den tiefsten und geruhsamsten Schlaf seit etlichen Monaten.

19
Der Heimleiter und sein Sohn

„Ja, Mutti! Ich habe Zeit!" Erika war zwar gerade erst nach Hause gekommen und wollte noch den Kaffeeklatsch mit ihrer Fast-Schwiegertochter Nasrin vorbereiten. Aber Kuchen drapieren, Kaffee kochen und gleichzeitig Telefongespräche führen: Das hatte sie im jahrelangen Polizeidienst gelernt, gerade wegen des Krümelmonsters als Kollegen. Und ihre Mutter Käthe machte den Eindruck, als ob sie etwas Dringendes auf dem Herzen hatte.

„Mutti, ist alles in Ordnung bei dir? Du wirkst etwas außer Atem."

„Ach Erika, vielleicht war das Ganze doch zu viel für mich. Zuerst der Klinik-Aufenthalt, dann das Feuer in deiner Küche und jetzt der Umzug in den Rosengarten. Ich bin ja auch nicht mehr die Jüngste!"

„Mutti! Gerade deshalb ist es so wichtig, dass du mit deiner Altersresidenz in Bordesholm so ein schönes Zuhause gefunden hast."

„Ich mache mir aber solche Sorgen, dass hier irgendetwas faul ist. Erst der merkwürdige Tod von der Pflegerin, dann das plötzliche Verschwinden von diesem Herrn Wiking." Käthe Friedberg stockte. Ihr aufgeregtes Atmen war durch den Telefonhörer zu vernehmen. ‚Scheiße', dachte Erika. ‚Wie soll ich Mutti jetzt von der grausamen Ermordung Sven Wikings erzählen? Völlig der verkehrte Moment. Erst mal abwarten, was noch von ihr kommt'.

„Erika, bist du noch da?"

„Ja Mutti. Und sonst?"

„Ganz schrecklich! Lore und ich haben in sehr netter, trauter Runde zusammen ihre alten Zeitungsausschnitte durchstöbert. Wir wollten euch bei der Mördersuche helfen und hatten auch so viel Spaß dabei. Aber weißt du, was und wen wir da entdeckt haben? Das rätst du nie!" Käthe konnte schon immer an passender Stelle eine künstlerische Pause einlegen, um die Dramatik zu erhöhen.

„Na, was habt ihr denn gefunden?"

„Einen Artikel über unseren Heimleiter! Mit Foto von ihm. Und weißt du was? Sein Sohn hatte vorher jemand entführt und war dann bei einer Polizeiaktion erschossen worden!" Erika schlug sich mit der flachen Hand auf die Stirn.

„Daher kenne ich ihn!"

„Wen kennst du?"

„Na, Herrn Kühl. Mein Kollege Wilhelm Bielfeld und ich waren bei dieser total missglückten Geiselbefreiung dabei. Damals waren die Geisel, ein sehr junges Mädchen aus Bissee und ihre beiden Entführer, ums Leben gekommen. Der eine von ihnen hieß Bjarne Kühl."

„Oh Gott, wie fürchterlich! Wenn ich das Lore erzähle! Aber wir haben schon beschlossen, dem Heimleiter aus dem Weg zu gehen, damit er uns nichts antun kann."

„Ach Mutti, warum soll der euch Beiden was tun?" Erika machte eine kurze Pause, schließlich fasste sie sich ein Herz. „Mutti, sitz du? Ich habe nämlich noch eine sehr traurige Nachricht. Aber bevor du es von den anderen im Heim erfährst: Der Herr Wiking, dein verschwundener Nachbar aus dem Rosengarten, wurde tot am Bordesholmer See gefunden." Käthe Friedberg wirkte entsetzt.

„Etwa auch ermordet?"

„Ja, auch ermordet, aber nicht wie Frau Tischer mit Gift." „Wo bin ich hier nur gelandet? Bei Mördern und Totschlägern?" Käthe war konsterniert über diese Schreckensmeldungen. „Ich gehe zu Lore auf die Terrasse, vielleicht kann die mich bei einer Tasse Tee etwas beruhigen."

„Mutti, ich bekomme übrigens gleich Kaffeebesuch von Nasrin. Ich glaube, die hat auch etwas auf dem Herzen."

„Wirst du vielleicht Großmutter? Das wäre sehr schön in diesen schweren Zeiten. Und lange genug geübt haben Finn und Nasrin bestimmt." Erika musste lachen.

„Nee, an das Enkelkind glaub ich noch nicht, das würden mir Finn und Nasrin bestimmt gemeinsam erzählen. Ich meine, dass es um was

Dienstliches geht. Es klingelt gerade an der Tür, ich werde also berichten! Tschüs Mutti, ich rufe dich morgen an, halte die Ohren steif!"

„Ach Erika, vielen Dank, dass du dir Zeit für mich genommen hast!" Entgegen allen Corona-Regeln begrüßten sich die beiden Frauen mit einer herzlich-innigen Umarmung. Am Wohnzimmertisch blieb die junge Krankenschwester viel ruhiger und zurückhaltender als sonst, nur einen kleinen Schluck Kaffee hatte sie zu sich genommen. Die leckeren Törtchen von Bäckerei Günther um die Ecke hatte sie nicht angerührt.

„Ich weiß gar nicht, ob ich dir das erzählen darf, allein wegen der ärztlichen Schweigepflicht bei uns im UKSH. Aber ich glaube, du solltest es wissen." Die sonst so selbstbewusste und lockere Nasrin wirkte sehr fahrig und nervös. ‚Mein Gott Mädel, nun rück schon raus mit deinem Wissen.' Erika genoss trotz der Anspannung im Raum ihre Obsttörtchen.

„Also, wir hatten gestern, wie jeden Tag, mehrere Notfallpatienten auf der Station. Unter anderem einen jungen Diabetiker mit einem Insulin-Schock. Nach einer kurzen, erfolgreichen Behandlung durfte er wieder nachhause und ich sollte seine Daten aufnehmen. Ahnst du, wer es war?" Nasrin guckte die Mutter ihres Freundes aufgeregt an.

„Ja, ich glaube, ich weiß es. Hieß der junge Mann vielleicht Mark Knopf-Eisen? Und kam aus Molfsee?" Nasrin nickte stumm mit dem Kopf. Erika streichelte ihr die rechte Hand.

„Ist doch gut, dass wir beiden uns so blind oder auch so stumm, ohne Worte verstehen, liebe Nasrin. Du hast beim Kaffeetrinken nichts verraten und ich habe es neulich beim Brunchen auch nicht getan! Und dennoch habe ich eine sehr wichtige Information für unsere weiteren Ermittlungen bekommen." Nasrin verschlang mit einem Bärenhunger die restlichen vier Kuchenstücke. ‚Hat Käthe den richtigen Riecher? Ist Nasrin vielleicht doch schwanger?' Erika hatte wieder einen Grund zum Grübeln.

20
Der Kommissar und sein Paket

„Mein Gott, was ist denn da alles drin?" Wilhelm war allein im Büro und führte mal wieder gut vernehmbar seine Selbstgespräche. Er war über den Umfang des Päckchens auf seinem Schreibtisch ziemlich erstaunt, das ihm der Dienstbote gerade überreicht hatte. „Ah, Absender ist das Landeshaus. Das muss wohl die angeforderte Personalakte von Sven Wiking sein." Wilhelm trottete erstmal zur Personalküche, um sich einen großen Becher Kaffee zu holen. „Trocken kriegt man das ganze Papier nicht verdaut."

Kriminalhauptkommissar Bielfeld hatte es sich in seinem jahrzehntelangen Berufsleben angewöhnt, ähnlich dicke Akten, egal ob sie von der Staatsanwaltschaft oder von einer anderen Behörde kamen, immer von hinten anzufangen. Das Aktuellste am Ende des Schriftbündels war meistens aussagekräftiger als die Vergangenheit am Anfang. Wilhelm machte es sich bequem auf seinem Bürostuhl, legte erst den Telefonhörer und dann seine Füße auf den Schreibtisch. Er fing an zu blättern.

‚Oh, das sieht doch sehr gut aus! Als krönenden Abschluss eines sehr langen Beamtenlebens die Abschiedsrede des Vorgesetzten; Herrn Oberregierungsrat Kurt Knöttgen kenne ich auch noch von früher. War er 2005 auch schon so staubtrocken? Mal lesen, was er damals zur Verabschiedung seines Mitarbeiters Sven Wiking vom Stapel gelassen hat, für unpassende Bemerkungen ist er immer gut gewesen.'

„Lieber Sven, Glück muss der Mensch haben. Und das gilt umso mehr für die leidgeplagten Beamten des Landes Schleswig-Holstein. Du bist kerngesund und putzmunter und darfst trotzdem zu deinem 60. Geburtstag in den vorzeitigen Ruhestand gehen. Wenn ich hier in die Gesichter der vielen Mitarbeiter unseres Referates blicke, erkenne ich Neid und Ungeduld bei den jüngeren und Vorfreude bei den älteren Kollegen. Aber wie heißt es im Zusatzartikel zum Kölschen

Jrundgesetz: Mer muss och jünne könne! Für diejenigen von ihnen, die noch nie im schönen Rheinland waren: Wir müssen auch gönnen können! Und das tun wir heute: Lieber Sven, du hast schließlich viele Jahre hier treu und brav und sehr erfolgreich gearbeitet. Bevor es nachher zum kalt-warmen Büffet geht, gestatten sie mir alle bitte einen kurzen Blick auf das Berufsleben unseres frischgebackenen Pensionärs:

Sven Wiking hatte nach Hauptschulabschluss und Bundeswehr erfolgreich eine Lehre zum Buchdrucker absolviert. Aufgrund der schlechten Berufsaussichten wechselte er Anfang der 80er Jahre als Bote und dann als Pförtner in unser geliebtes Landeshaus an die Kieler Förde. Durch deine Pünktlichkeit, Zuverlässigkeit und deine dir angeborene Freundlichkeit hast du dir, lieber Sven, sehr schnell einen guten Namen im Hause erarbeitet. Und so war es keine große Überraschung, dass du bereits kurze Zeit später, nämlich im Jahre 1985 Mitarbeiter der Fahrgemeinschaft des Landtages geworden bist. In dieser Zeit durftest du die dicksten Limousinen bewegen: Ob von Mercedes, BMW oder später von Audi. Aber viel wichtiger war der Inhalt dieser Staatskarossen: Staatssekretäre, Landesminister und dann sogar die Regierungschefs höchstpersönlich. Du warst treuer Diener der Ministerpräsidenten Dr. Dr. Uwe Barschel, von dessen Nachfolger Björn Engholm und dann von Frau Heide Simonis. Deine Verschwiegenheit war legendär: Kein Wort über im Auto Gehörtes hat jemals deine Lippen verlassen. Alle drei hast du zuverlässig, freundlich und vor allem unfallfrei befördert. Das war, sie gestatten mir diese Bemerkung, die einzige und letzte Beförderung der drei MPs. So richtig in Frieden ist leider keiner von ihnen aus dem Amt geschieden: Da war der ungeklärte Tod von Uwe Barschel im Beau Rivage in Genf, die Schubladenaffäre von Björn Engholm und seinem Spezi Günter Jansen und dann vor wenigen Wochen der Heidemörder, der unsere Frau Simonis so grausam erlegt hatte oder wenigstens ihr jähes politisches Ende verursacht hatte. Das lief nicht wirklich rund. Das soll bei dir, lieber Sven, ganz anders werden! Wir wünschen dir jetzt nach zwanzig erfolgreichen Jahren in der Fahrgemeinschaft immer die nötige Portion Gesundheit und Schaffensfreude als Pensionär. Insider streuen bekanntlich das Gerücht, dass du deine Memoiren schreiben willst mit hoffentlich nur netten Erinnerungen an deine Beifahrer. Du weiß wahrscheinlich, dass die Schweigepflicht auch für Pensionäre gilt: Also bitte keine Dienstgeheimnisse ausplaudern! Lieber Sven, bleib gesund und munter. Und wenn du Zeit und Lust hast, komme gerne auf einen Kaffee vorbei. Und nun der wichtigste Satz jeder Rede: Das Büffett ist eröffnet! Vielen Dank!"

„Boah", dachte Wilhelm Bielfeld halblaut in den Raum. „Da hat der Sven Wiking ja viel erlebt: Das waren die wahrscheinlich aufregendsten Jahre der Kieler Landespolitik. Ist die Schlagzeile im Internet doch relevant? Gibt es hier einen eventuellen Zusammenhang zum Tod von Sven Wiking?" Der Kriminalhauptkommissar fand den Fall jetzt richtig spannend.

„Ich werde mal meinen alten Freud Ekkehard Schlau auf ein bis drei Bier einladen. Der hat rein beruflich als Dozent für Politik und Geschichte den nötigen Überblick und kann mir helfen, die Zusammenhänge zu ordnen. Vielleicht hatte Wiking vor, sein Wissen zu Geld zu machen?"

Bielfeld machte sich eine Notiz: „Finanzielle Verhältnisse von Wiking checken."

21
Der tote Mann und die Aktentasche

„Käthe, das Wetter ist endlich mal warm und trocken. Warum willst du unseren Nachmittagstee heute nicht auf der Terrasse einnehmen?" Lore Speck verstand die Welt nicht mehr. Ihr war schon während des gemeinsamen Mittagessens aufgefallen, dass mit Käthe Friedberg irgendetwas nicht stimmen würde. Anders als sonst wirkte sie einsilbig und verschlossen, nicht so herzlich wie normal.

„Ach Lore, lass uns bitte heute auf dem Zimmer bleiben. Ich muss dir leider etwas Schreckliches erzählen." Lore war keine Frau für schlechte Nachrichten. Ihre allgemeine Laune war schon seit vielen Jahren eher Moll als Dur. Umso angenehmer war für sie selbst, aber auch für alle, die regelmäßig mit ihr zu tun hatten, dass sich ihre Grundstimmung in der letzten Zeit merklich ins Positive gewandelt hatte.

„Was ist denn los, Käthe? Bist du etwa krank? Hat deine Routineuntersuchung beim Arzt schlechte Befunde erbracht?" Käthe war gerührt, dass sich Lore nach so kurzer Zeit des Kennens Sorgen um ihre Gesundheit machte. Sie legte vorsichtig ihre rechte Hand auf die von ihrer Zimmerkollegin.

„Nein Lore, da kann ich dich beruhigen. Alles in Ordnung, also im Rahmen der altersüblichen Werte. Und der täglichen Medikamenteneinnahme. Nein, es ist was Anderes. Ich habe gestern sehr lange und ausführlich mit Erika telefoniert."

„Und gibt es neue Nachrichten zum Tode von Helene Tischer? War es nun doch Herr Kühl, der sie umgebracht hat?" Unsere Krimitante war sichtlich gespannt auf die Antwort.

„Nein, viel schlimmer! Unser Herr Wiking ist auch ermordet worden. Eine Frau aus Groß Buchwald, die mit ihrer Hündin unterwegs war, hat ihn leblos auf einer Parkbank am See gefunden. Und das Grausame ist, dass Herr Wiking mit einer dünnen Drahtschlinge erwürgt worden ist." Lore überlegte kurz, ob eine dicke Drahtschlinge weniger schrecklich gewesen wäre, sie sagte aber nichts.

„Es muss ein fürchterlicher Tod gewesen sein." Käthe war immer noch fertig mit der Welt. Anders ihre Nachbarin: Solche Informationen warfen Lore Speck nicht wirklich vom Hocker. Dazu hatte sie in ihrem langen Leben zu viele Kriminalromane mit ähnlichen oder noch schlimmeren Tötungsarten gelesen. Und wenn sie ehrlich war, ihr Kontakt zu Sven Wiking war nie besonders herzlich gewesen.

„Und hat die Polizei schon den Täter gefasst?" „Nein, die tappen noch völlig im Dunklen."

„Hat deine Tochter denn erzählt, ob seine Aktentasche am Tatort gefunden worden ist?"

„Nein, sie hat nur seinen Rollator erwähnt. Was hat es denn mit dieser Aktentasche auf sich?"

„Ach Käthe, man soll ja über Tote bekanntlich nicht schlecht sprechen. Aber der Herr Wiking war schon etwas anders! Auch als wir vor der Corona-Zeit noch gemütlich in größerer Runde zusammengesessen und geschnackt und gelacht haben, hielt er sich immer völlig zurück. Nur einmal habe ich ihn redselig erlebt: Als er anlässlich einer Weihnachtsfeier im Rosengarten zwei oder drei Bier zu viel getrunken hatte, erzählte er lang und ausführlich von seinem Berufsleben als Fahrer der Landesregierung. Er tat so, als wenn er neben dem Regierungschef die wichtigste Person in Kiel gewesen war. Und immer diese blöde Aktentasche! Bei fast jedem seiner täglichen Spaziergänge um den Bordesholmer See schleppte er sie mit. Mit Argusaugen bewachte er diese gammelige Ledermappe, keiner durfte ihr zu nahe kommen. Als die dicke Stoltenberg, die mit den schwarz gefärbten Haaren, ihn mal im Scherz fragte, ob er da drin seinen alten Führerschein aufbewahren würde, reagierte er völlig gereizt.

„All die alten Frauen im Rosengarten hätten doch nie wirklich gearbeitet und etwas Wichtiges für die Gesellschaft geleistet!" So richtig traurig wird hier im Rosengarten niemand über seinen Tod sein. Tut mir leid."

„Darf ich das alles meiner Tochter erzählen? Vielleicht ergeben sich aus deinen Informationen wichtige Ermittlungsansätze für die Kripo."

„Das darfst du selbstverständlich sehr gerne, liebe Käthe. Aber nur, wenn du jetzt mit auf die Terrasse kommst. Von einer Leiche mehr oder weniger lassen wir beiden Hübschen uns doch nicht die Laune verderben."

22
Der DJ und seine Diabetes

„Danke Mutti, dass du mich angerufen hast! Die panische Angst
von Herrn Wiking um seine alte Aktentasche habe ich ja damals
selbst hautnah mitbekommen, als ich im Rosengarten war. Mal sehen,
welche Ermittlungsansätze sich hieraus ergeben. Ich muss jetzt aber
losfahren, ich soll noch den kranken DJ-Verlobten besuchen. Bleib
gesund, Mutti! Wir hören!"

Krankenbesuche waren für Erika Friedberg fast genauso schlimm
wie Termine in der Gerichtsmedizin. Wilhelm Bielfeld schien es ähnlich zu gehen; mit einem blöden Vorwand hatte er sich vor dem
Gespräch mit dem vermutlich diabeteskranken Discjockey gedrückt.
Angeblich hatte er einen wichtigen Termin in der Förde-Sparkasse
in Kiel, um die finanzielle Situation des getöteten Herrn Wiking zu
überprüfen.

Da Erika entgegen den allgemeinen Vorurteilen gegenüber Auto-
fahrerinnen ein sehr gutes Orientierungsvermögen hatte, fand sie die
Wohnung von Mark Knopf-Eisen auch ohne Navi-Hilfe sehr zügig.
Der Ex-Verlobte von Helene Tischer bot ihr höflich einen Caffe Latte
an. Während er in der offenen, modernen Küche den Spezial-Kaffee
zubereitete, hatte unsere Kriminaloberkommissarin genügend Zeit
und Muße, sich im Wohnzimmer umzuschauen. Das umfangreiche
Maklerangebot über Wohnungen auf Kreta fiel ihr sofort ins Auge;
die farbigen Prospekte lagen ausgebreitet auf dem Tisch.

„Oh Danke, Herr Knopf-Eisen für die Latte. Wie ich sehe, sind ihre
Bemühungen in Sachen Kreta-Umzug schon erfolgreich gewesen?"

„Es geht so. Noch fehlt leider das Geld von der Versicherung auf
meinem Konto. Laut Aussage meines Allianz-Vertreters soll es aber
spätestens in zwei Wochen kommen. Der Immobilienmakler arbeitet
bedeutend schneller!"

„Der will ja auch Geld einnehmen und nicht ausgeben!" Erika

Friedberg versuchte, mit einem Scherz die Gesprächsatmosphäre zu lockern. Noch hatte sie keine Ahnung, wie sie, ohne ihre Fast-Schwiegertochter Nasrin zu verraten, die Diabetes-Frage stellen sollte. Sie nahm einen herzhaften Schluck vom leckeren Heißgetränk.

„Wie haben sie den Tod ihrer Verlobten überwunden? Die Trauer um einen geliebten Menschen schlägt ja oft genug auf die Gesundheit der Hinterbliebenen."

„Alles in Ordnung, warum fragen sie mich?" Unser Möchtegernauswanderer schaute seine Gesprächspartnerin misstrauisch an.

„Eine Kollegin von mir hatte sie zufällig in der Notaufnahme des UKSH gesehen und da wirkten sie nicht so gesund, wie sie mir in der Kaffeeklappe erzählt hat." Mark Knopf-Eisen überlegte lange, bevor er stockend antwortete.

„Ich weiß nicht, ob es sie überhaupt etwas angeht. Aber ich hatte einen Insulin-Schock erlitten." ‚Ups', dachte Erika. ‚Das ging ja einfacher und schneller als gedacht.'

„Wie das?"

„Ich leide seit etlichen Jahren an Diabetes mellitus Typ 1. Insofern bin ich sehr erfahren und geübt, was meine regelmäßige und notwendige Insulin-Zufuhr angeht. Ob jetzt die Medikamenten-Pumpe defekt war oder ob ich an dem Tag etwas Verkehrtes gegessen oder getrunken habe, weiß ich nicht. Zum Glück waren sowohl die behandelnden Ärzte in der Uniklinik als auch die Notfallsanitäter im Rettungswagen fachlich sehr versiert und haben mir damit wohl das Leben gerettet!" ‚Warum schwitzt der Kerl jetzt so?' Erika machte sich ihre Gedanken.

„Wo bewahren sie ihre Insulin-Dosen auf?"

„In einem Extrafach des Kühlschranks, warum fragen sie?"

„Naja, ihre Verlobte ist durch eine tödliche Insulin-Dosis umgebracht worden."

„Das Zeug kann man weder essen noch trinken. Das muss injiziert werden. Und Helene hat sich als ausgebildete Altenpflegerin das Medikament bestimmt nicht aus Versehen in die Adern gespritzt. Und mit Absicht schon gar nicht!" Seine Augen wanderten unruhig hin und her. Worauf wollte die Polizistin bloß hinaus?

„Herr Knopf-Eisen, sind sie damit einverstanden, dass ich eine Dosis von ihrem Insulin mit ins Labor nehme? Nur um sicherzustellen, dass Frau Tischer nicht mit ihrem Medikament umgebracht worden ist." Der frische Witwer kratzte sich seinen Dreitagebart und nickte leicht mit dem Kopf.

„Meinetwegen, ich habe nichts zu verbergen, Frau Kommissar."

23
Der Heimleiter und seine Panik

Die Lockerungen der Corona-Schutzmaßnahmen durch die Kieler Landesregierung machten sich endlich auch im Rosengarten bemerkbar. Zum ersten Mal seit vielen, endlosen Wochen durften die alten Damen, mit Herrn Wiking war ja der letzte männliche Bewohner des Heimes verstorben, wieder zusammen im sogenannten Rosengarten-Restaurant ihre Mahlzeiten einnehmen. Lore und Käthe hatten vorher das Personal eindringlich gebeten, zusammen einen Zweiertisch zu bekommen; sie verspürten keinerlei Lust auf Mitesser. Zur Feier des Tages wurde ein köstliches Dreigänge-Menü gereicht: Holsteinische Hochzeitssuppe, Rinderbraten mit Kartoffelkroketten und Rosenkohl und als Dessert ein Schälchen Crème brûlée. Das Personal hatte vor dem Servieren Wetten abgeschlossen, wer sich von den Omas als erste über den vermeintlich angebrannten Vanillepudding beschweren würde. Inge Beysel hatte richtig gelegen und auf die dicke Frau Stoltenberg mit den schwarz gefärbten Haaren getippt.

„Meine Damen, ich hoffe, unser Festtags-Menü hat ihnen allen wohl gemundet. Alle Menschen vom Rosengarten freuen sich, dass ab heute wieder gemeinschaftliches Speisen im Rosengarten-Restaurant möglich ist! Die schreckliche Zeit des Einzelessens auf den Zimmern ist viel zu lang gewesen!" Heimleiter Sören Kühl stand an der Kopfseite des Saales, links und rechts neben ihm saßen Inge Beysel und Hausmeister Krause. Einige der Seniorinnen nickten zaghaft aber zustimmend mit dem Kopf, zwei oder drei klatschten leise mit zittrigen Händen. Herr Kühl machte mit seinem mächtigen Körper ungelenkige Bewegungen, seine rechte Hand ging immer wieder in den dunklen Vollbart.

„Äh, leider muss ich ihnen an diesem eigentlich schönen Tag eine sehr traurige Mitteilung machen. Einigen von ihnen ist bestimmt schon das Fehlen unseres lieben Mitbewohners Sven Wiking aufgefallen. Herr Wiking ist am Donnerstag leblos am Bordesholmer See aufgefunden worden. Trotz sofortiger Rettungsversuche durch eine Passantin ist Herr Wiking noch am Fundort verstorben. Laut bisherigen Ermittlungen der Polizei ist Sven Wiking ermordet worden."

Sören Kühl wischte sich mit einer Papierserviette den Schweiß von seiner hohen Stirn. „Ich möchte sie alle bitten, zu Ehren von Herrn Wiking eine Schweigeminute einzulegen, sie dürfen aber gerne sitzen bleiben." Kaum dass der Heimleiter seinen Satz beendet hatte, brach ein aufgeregtes Gemurmel im Saal los. Die alten Damen wirkten sehr ratlos und aufgeregt.

Vom Zweiertisch der Krimitanten meldete sich Käthe Friedberg für alle im Raum sehr gut vernehmbar zu Wort: „In ihrem Umfeld werden ja ungewöhnlich viele Menschen getötet, Herr Kühl!" Lore Speck stöhnte leise „Ach Käthe, was soll das!"

Die schwerhörige Erna Matthiesen stieß ihre Tischnachbarin an: „Was hat die Neue gesagt?" Aber auch Gertrud Petersen hatte mal wieder nichts mitbekommen.

Sören Kühl versuchte einen kurzen Moment, die Fassung zu bewahren. Aber leider völlig vergeblich. Die zweite Papierserviette wanderte schweißgetränkt in seine Hosentasche.

Er fasste sich kurz ans wild pochende Herz, um dann laut und wild loszubrüllen: „Was fällt ihnen ein? Nur weil ihre Tochter Polizistin ist, verdächtigen sie mich, andere Leute umzubringen? Das wird ihnen noch leidtun, Frau Friedberg! Ich werde die Kündigungsfristen für ihren Vertrag mit dem Rosengarten überprüfen lassen!" Inge Beysel versuchte, ihren Chef zu beruhigen. Hausmeister Krause reichte ihm schweigend ein Glas Wasser. Aber Sören Kühl war auf Zinne.

„Das muss ich mir von dieser Großstadtpflanze nicht bieten lassen, die passt nicht hierher nach Bordesholm!"

Lore Speck und Käthe Friedberg begaben sich gleich in ihr Zimmer, den üblichen Besuch auf der Sonnenterrasse hielten sie heute nicht für angebracht. Bei einem Gläschen Dujardin berieten die alten Damen das weitere Vorgehen.

„Also ich informiere auf jeden Fall Erika von seinem unmöglichen Auftritt, der wird schon sehen!" Käthe gab sich als wilde Löwin, Lore eher als zahmes Lamm.

„Aber Käthe, vielleicht ist es trotzdem besser, wenn du dich morgen bei Herrn Kühl entschuldigst. Wir wollen hier doch zusammen alt werden."

24
Dr. Frankenstein und ihr Lispeln

„Frau Dr. Frankenstein, schön von ihnen zu hören!" Kriminalhauptkommissar Bielfeld hoffte auf ein zielbringendes Ergebnis im
Telefonat mit der Pathologin.

„Aber sie klingen irgendwie anders als sonst. Ist alles in Ordnung
bei ihnen?"

„Thie haben gut lachen, mein lieber Kommithar. Mein Thanartht
hat thich alle Mühe gegeben, aber mein neueth Gebith thitht leider
noch nicht tho richtig. Aber dath wichtigthte für thie: Dath beim Verdächtigen thichergethellte Inthulin itht von der gleichen Thubthanth
wie dath, mit dem die Pflegerin getötet worden itht."

„Mein Gott, liebe Frau Dr. Frankenstein. Holen sie sich einen gelben Zettel und bleiben sie eine Woche zuhause. Ihren Einsatz dankt
ihnen doch kein Mensch!"

„Dath bithchen Lithpeln bringt doch keinen um, wenn ich dath alth
alte Fachfrau tho thagen darf." Ihr Pferdelachen war noch das alte.
Wilhelm Bielfeld war beruhigt.

„Na, Erika. Wie wäre es mit einem kleinen Ausflug nach Bordesholm? Du kannst deine alte Mutter im Rosengarten besuchen und
ich versuche, neue Informationen von Frau Beysel zu bekommen.
Und hinterher gibt es im Seecafe ein großes Stück von der oberleckeren Eierlikörtorte."

„Arbeitet Frau Beysel denn heute überhaupt?"

„Sie weiß Bescheid und sie hat Zeit für uns." Bielfeld hatte die Tour
genauestens geplant. Erika hatte keine Einwände.

Inge Beysel rutschte mit ihrem dicken Hintern unruhig auf dem
Bürostuhl hin und her.

„Ach, Herr Kommissar. Ich will ja keinen falschen Verdacht erzeugen, aber ich hatte bei unserem Gespräch etwas ganz vergessen zu erzählen." Trotz der niedrigen Temperaturen an diesem Sommertag waren auf der Stirn der Altenpflegerin dicke Schweißperlen zu sehen.

„Was ist denn Frau Beysel? Erzählen sie in Ruhe, ich habe heute viel Zeit für sie mitgebracht." Bielfeld spürte, dass er diesmal mit seiner typischen Ungeduld auf Granit beißen würde.

„Ich weiß nicht, ob es wirklich wichtig ist. Aber der Verlobte von Frau Tischer, also der war kurz vor ihrem Kollaps hier im Rosengarten. Ich hatte zufällig mitbekommen, wie die Beiden im Treppenhaus miteinander gesprochen haben."

„Und konnten sie verstehen, was sie gesagt haben?"

„Nicht so genau, aber der Herr Knopf-Eisen hatte sehr heftig auf Helene eingeredet. Er hatte sie auch mal kurz an den Schultern gepackt. Sie ist dann ohne sich zu verabschieden ins Erdgeschoss gelaufen."

„Haben sie mit ihrer Kollegin hinterher über diesen Vorfall sprechen können? Bei unserem Treffen hatten sie erwähnt, dass sie sich mit Helene Tischer kurz vor ihrem Zusammenbruch über familiäre Hintergründe ausgetauscht hätten. Außerdem hatten sie betont, wie glücklich das Paar miteinander gewesen war." Inge Beysel kaute nervös auf ihrer Unterlippe, Bielfeld merkte deutlich, wie schwer ihr die Antwort fiel.

„Ja, Herr Kommissar, das stimmt auch alles. Die beiden waren ein Herz und eine Seele. Vielleicht haben sie sich nur wegen einer Kleinigkeit gestritten. Das kommt ja in den besten Familien vor." Wilhelm Bielfeld nickte, er konnte sich gut und schmerzhaft an seine letzten Ehejahre erinnern.

Das Eierlikörtortenessen im Seecafe musste leider ausfallen. Auf der Fahrt von Bordesholm nach Kiel lag Molfsee fast auf der Strecke. Mark Knopf-Eisen wirkte überhaupt nicht überrascht, als er die beiden Kripobeamten vor der Wohnungstür sah. Erst als ihn Bielfeld mit der Aussage von Inge Beysel konfrontierte, fing er an zu zittern.

„Ja, ich war bei Helene im Rosengarten. Eine Stunde vorher hatte der Paketdienst einen neuen, riesengroßen Fernseher bei uns zuhause vorbeigebracht, von dessen Bestellung ich nichts wusste. Und dessen Preis ich viel zu hoch fand. Helene war über meinen Ärger sehr enttäuscht. Angeblich hatte sie vorgehabt, mir den Fernseher zum Geburtstag zu schenken, damit ich ungestört im Schlafzimmer Fußball sehen konnte, während sie im Wohnzimmer ihre täglichen Arztserien genießen wollte. Ja, wir haben uns deshalb gestritten. Aber deswegen bringt man doch keinen Menschen um, ich habe sie doch geliebt!" Trotz seiner Krokodilstränen wurde der Fußballfan vorläufig festgenommen und in die Polizeidirektion nach Kiel gebracht. Staatsanwalt Westendorf war nach einem kurzen Gespräch sofort bereit, den Haftbefehl zu beantragen.

25
Dr. Schlau und die Politik

„Auf dein Wohl, Ekkehard! Schön, dass es mit unserem Treffen geklappt hat!" Wilhelm Bielfeld und sein alter Schulfreund, der Geschichtslehrer Oberstudienrat Dr. Ekkehard Schlau, prosteten sich mit ihren gut gezapften Bieren zu.

„Ja, Wilhelm! Es wurde nach dieser endlos langen Lockdown-Phase auch dringend Zeit, mal wieder zusammen in die Kneipe gehen zu können." Die beiden Herren genossen das schöne, warme Sommerwetter und die nette Biergartenatmosphäre in der Kieler Forstbaumschule. Die junge Kellnerin war hübsch und freundlich und das Essen sehr lecker. Zu den krossen Bratkartoffeln gab es Matjes in Sauce Hausfrauenart.

„Fisch muss schwimmen. Wollen wir noch ein Bier?"

„Natürlich und für die Verdauung einen Akquavit." Beim dritten Bier und beim zweiten Schnaps erzählte Wilhelm Bielfeld von Sven Wiking, dessen grausamen Tod am Bordesholmer See und von der verschwundenen Aktentasche.

„Meine liebe Kollegin Erika hatte zufällig mitbekommen, mit wieviel Energie der alte Wiking seine blöde Tasche verteidigt hatte. Wir fragen uns jetzt natürlich, ob es zwischen dem Mord und dem Inhalt dieser Mappe einen Zusammenhang geben könnte."

„Ist der alte Mann denn Juwelenhändler oder Rauschgiftdealer gewesen?"

Bielfeld lachte: „Nee, meines Wissens bestimmt nicht. Der war Fahrer der Landesregierung, aber in den aufregenden Jahren von 1985 bis 2005! Er hat also direkt oder indirekt die politischen Skandale während dieser Zeit mitbekommen."

Dr. Schlau kratzte sich am Kinn. „Damals gab es ja genügend politischen Zündstoff in Kiel. Erst die Barschel-Affäre mit dem mysteriösen Tod des Ministerpräsidenten in der Schweiz. Dann einige Jahre später die Schubladenaffäre unter seinem Nachfolger Björn Engholm und nochmals zwölf Jahre später die Geschichte von Frau Simonis und ihrem Heidemörder." Wilhelm bestellte noch zwei Bier und zwei Schnäpse bei der netten Bedienung.

„Bei so viel Dramatik bekommt man ja einen trocknen Hals, Prost mein Lieber."

„Und der Tote vom Bordesholmer See? Hatte der Geheiminformationen?"

„Ach, Ekkehard, wenn wir das wüssten! Er hatte jedenfalls allen drei Ministerpräsidenten als Fahrer gedient. Handys gab es damals noch nicht, aber Autotelefone standen den hohen Herren und Damen aus der Politik schon zur Verfügung. Und dadurch hat Herr Wiking bestimmt auch Sachen mitbekommen, die nicht für die Öffentlichkeit bestimmt waren."

„Lass uns überlegen, was davon heute noch relevant sein könnte. Die traurigste und tragischste Geschichte war zweifelsfrei am 11. Oktober 1987 passiert, als der damalige Ministerpräsident Dr. Dr. Uwe Barschel tot in der Badewanne im Genfer Hotel Beau Rivage aufgefunden worden ist." Der Lehrer nahm einen großen Schluck aus dem Bierglas. „Und es ist trotz zahlreicher Untersuchungen und Zeugenaussagen meines Wissens nie endgültig geklärt worden, ob Barschel als Folge seiner Machenschaften gegen den SPD-Politiker Engholm Selbstmord begangen hat oder ob er, wie die Gerüchteküche vermeldet hatte, von Mitgliedern der Waffenhändlermafia getötet worden ist. Barschel soll entsprechende Kontakte zu diesen Kreisen gehabt haben." Wilhelm Bielfeld zog seine Stirn in Falten.

„Aber was soll der Wiking davon gewusst haben? Er war nur der Fahrer und in Genf bestimmt nicht dabei."

„Gibt es denn Verwandte oder Freunde des Toten, mit denen man darüber sprechen könnte?"

„Bisher haben wir noch keine entsprechenden Namen oder Adressen ermitteln können. Aber ich werde mich darum kümmern. Und die von dir erwähnte Schubladen-Affäre? Beinhaltet die auch heute noch politischen Sprengstoff?"

„Das war auch so ein Ding. Der damalige SPD-Sozialminister in Kiel, ein gewisser Günther Jansen, gestand nach entsprechenden Pressemeldungen, dass er dem Auslöser der Barschel-Affäre, dem Journalisten Reiner Pfeiffer, in dessen finanzieller Notlage helfen wollte und ihm insgesamt 40.000 oder 50.000 DM in bar geschenkt hatte. Den Betrag, dessen genaue Höhe nie geklärt worden ist, habe Jansen in einer Küchentischschublade aufbewahrt. Daher der Name dieser Affäre."

„Wenn ich mich richtig erinnere, hat dieser Skandal doch die politische Karriere von Björn Engholm beendet."

„Genau! Der damalige SPD-Ministerpräsident und Bundesvorsitzende der Partei war als Kanzlerkandidat für die Bundestagswahl 1994 vorgesehen. Sein vorheriges, äußerst ehrpusseliges Auftreten passte nicht zu seiner offensichtlichen Falschaussage im Untersuchungsausschuss des Kieler Landtages. Engholm legte daraufhin im Mai 1993 alle seine Ämter in Partei und Regierung nieder. Schade eigentlich, das war ein Guter!"

„Ist denn davon noch etwas relevant in der heutigen Zeit?"

„Kann ich mir eigentlich nicht vorstellen. Die handelnden Personen von damals sind heute alte Polit-Rentner, die höchstens ab und zu mal in ehrenamtlichen Funktionen in Erscheinung treten."

„Und der Heide-Mörder? Wen hatte der umgebracht? Frau Simonis lebt doch noch."

„Das handelte sich nur um einen politischen Mord, damals im Frühjahr 2005 war es aber schlimm genug für die SPD. Die Ministerpräsidentin von Schleswig-Holstein, Heide Simonis, hatte in vier Wahlgängen nicht die erforderliche Mehrheit erzielt, wobei mindestens ein Abgeordneter aus dem rot-grünen Lager ihr seine Stimme verweigert hatte. Nachfolger von Frau Simonis wurde damals der CDU-Kandidat Peter Harry Carstensen. Es wurde sehr lange gerätselt, ob es politische oder persönliche Gründe wie Rache oder Neid gab, die den sogenannten Heide-Mörder zu seiner Stimmenverweigerung veranlasst hatten. Beantwortet wurde die Frage bis heute nicht."

„Im Internet tauchte vor wenigen Tagen, allerdings nur für eine ganz kurze Zeit, die Schlagzeile auf, dass es im Kieler Landtag aufgrund alter Geschichten ein politisches Erdbeben geben würde. Vielleicht besteht hier ein Zusammenhang zur Aktentasche unseres Mordopfers?"

„Davon habe ich nichts gehört oder gelesen. Aber ich bin auch nur ein normaler A14-Oberstudienrat. Vielleicht fragst du lieber Experten!"

„Wen kannst du mir denn da empfehlen?"

„Sehr gut vernetzt ist der Redakteur Rolf Tinte von der Kieler Nachrichten. Und Herr Horst Trench vom Landesamt für Verfassungsschutz kennt aufgrund seines Dienstalters auch noch die Vorgänge aus den 80er Jahren recht gut. Ich habe mal mit ihm Tennis gespielt und spätestens beim zweiten Bier wurde er recht redselig. Ich maile dir morgen seine Telefonnummer. Ganz andere Idee: Oft spielen bei Kapitalverbrechen doch persönliche Umstände eine große Rolle. Gibt es hierzu irgendwelche Besonderheiten beim Mordopfer?"

„Leider ist dazu überhaupt nichts bekannt. Die Leute im Rosengarten haben ihn als verschroben und etwas merkwürdig beschrieben. Auffällig ist nur ein krasses Missverhältnis zwischen dem relativ niedrigen A10-Gehalt des ehemaligen Fahrers und seinem mittlerweile von uns eruierten Vermögen in beträchtlicher Höhe auf verschiedenen Bankkonten. Unsere Experten haben hier aber nichts über eventuelle Geldgeber feststellen können. Aber der Verdacht, dass Wiking über Erpressungen zusätzliches Geld verdient hat, liegt natürlich nahe."

„Ganz etwas anderes: Was macht denn dein Privatleben, mein lieber Wilhelm? Hast du die Trennung gut überstanden?"

„Ach Ekkehard, es gibt so viele schöne Frauen in Kiel. Warum soll ich eine unglücklich machen, wenn ich so viele glücklich machen kann."

„Haha, erstmal fünf Euro in die Chauvi-Kasse. Aber die Frage bleibt, ob die schönen Frauen dich auch so schön finden?" Die beiden alten Gockel beschlossen, lieber das Thema zu wechseln und stattdessen die wechselnden Erfolge des Fast-Aufsteigers Holstein Kiel zu diskutieren. Nach dem fünften Bier und dem vierten Kümmelschnaps wankten sie zu den bestellten Taxen.

„Bis bald, Ekkehard. Ich werde berichten."

„Das ist gut Wilhelm. Und wovon? Von Holstein? Von deinen Erfolgen an der Erotik-Front? Oder doch nur von deinen Freunden aus der Kieler Mörderszene?" Wilhelm Bielfeld schüttelte vergnügt den Kopf und bemühte sich verzweifelt, unfallfrei das Taxi zu besteigen.

26
Die Käthe und der Herr Kühl

„Guck mal, Mutti. Sieht das nicht schick aus?" Voller Stolz präsentierte Erika Friedberg ihrer Mutter auf dem Lap Top das Ikea-Konzept für die neue Küche in der Goethestraße 11.

„Alle Schränke ganz modern in steingrau, die Arbeitsplatte in Mooreiche-Optik und die Elektrogeräteganz edel von Neff und nicht mehr so billig wie bisher von Gorenje."

„Und ist das nicht alles fürchterlich teuer?", sorgte sich die sparsame Mutter.

„Das meiste zahlt ja zum Glück die Versicherung, aber trotzdem: Bei deinem nächsten Kochversuch spielst du bitte nicht mit dem Feuer!" Käthe Friedberg verstand zwar den berechtigten Vorwurf ihrer Tochter, war aber trotzdem beleidigt.

„Gott sei Dank verstehe ich mich mit Lore so gut. Ansonsten scheine ich ja momentan allen Menschen Unrecht zu tun!" Sie seufzte von ganzem Herzen.

„Mutti! Das war ein Spaß! Aber sag, wer ist denn gegen dich?" Erika nahm ihre alte, schwache Mutter in den Arm und drückte sie ganz fest. „Erzähle, was dich bedrückt."

„Naja, der Heimleiter Herr Kühl war doch bisher so nett und rührend. Aber vorgestern war er richtig böse mit mir."

„Was ist denn passiert, Mutti?"

„Wir hatten ganz festlich mit einem Drei-Gänge-Menü die Wiedereröffnung unseres Speisesaals gefeiert. Und das Essen war so lecker! Was gab es eigentlich? Ich vergesse in letzter Zeit so viel, schrecklich. Aber es hat sehr gut geschmeckt. Was wollte ich jetzt eigentlich erzählen?"

„Von Herrn Kühl."

„Ach ja, der Heimleiter hatte anlässlich des Essens von Sven Wikings schrecklichem Tod erzählt. Und da ist mir vor Schreck eine ganz blöde Bemerkung rausgerutscht. Tat mir auch leid!"

„Was hast du denn gesagt?"

„So sinngemäß, dass in seinem Umfeld ungewöhnlich viele Menschen getötet werden."

„Mutti!" Erika ließ vor Schreck fast ihre Kaffeetasse fallen. „Das sagt man nicht!"

„Ist nun mal passiert. Aber zwei Menschen in einem Heim in so kurzer Zeit, das ist doch wirklich merkwürdig, findest du nicht? Ich habe mich am nächsten Tag bei ihm entschuldigt und dann war es, glaube ich wenigstens, auch in Ordnung."

„Und wie hatte er bei der Veranstaltung reagiert?"

„Er drohte mir mit der Kündigung des Heimvertrages! Und das vor allen Leuten!"

„Kündigen kann er dich nicht, auf jeden Fall nicht deswegen." Erika versuchte, Käthe zu beruhigen.

„Das hat Lore auch gesagt."

„Soll ich mit Herrn Kühl mal sprechen, um die Sache endgültig aus der Welt zu räumen?"

„Das wäre sehr lieb von dir, Erika. Wenn ich dich nicht hätte!" Käthe streichelte ihrer Tochter die rechte Wange.

27

Kommt ein Mann in die Zelle

„Ein Sträfling sitzt im Gefängnis. Einmal besucht ihn der Direktor und sagt: Mir fällt auf, dass sie nie Besuch kriegen. Haben sie denn keine Verwandten oder Bekannte? Antwortet der Sträfling: Doch ganz viele, aber die sind schon alle hier." Der grauhaarige Kollege von Stefan Bock lachte am lautesten über seinen eigenen Witz. „Einen hab' ich noch: Auf dem Weg zum elektrischen Stuhl fragt der Gefängnisdirektor den Todeskandidaten: Haben sie vielleicht noch einen allerletzten Wunsch? Antwortet der Häftling: Ja, Herr Direktor. Würden sie mir bitte, wenn es soweit ist, die Hand halten?"

Stefan Bock gähnte herzhaft.

„Es reicht doch wohl, dass wir hier im Knast als Schließer arbeiten müssen. Da sind Gefängniswitze, vor allem uralte aus dem Internet, während der Frühstückspause völlig überflüssig und blöd!"

„Hast ja recht, du alte Spaßbremse! Aber apropos elektrischer Stuhl: Kannst du mal bei unserem frischen Mörder nachschauen, wie er seine erste Nacht hier verbracht hat?" Stefan Bock stand langsam auf, zog sich seine Uniformjacke über und griff nach dem überdimensionierten Schlüsselbund.

„Zelle 25?"

„Ja, völlig richtig!"

„Und Hosengürtel und Schnürsenkel hat ihm der Kollege gestern hoffentlich abgenommen? Ich habe wenig Lust auf einen frischen Selbstmörder in der Zelle."

„Jaja, kannst beruhigt sein, du alte Memme." Der 55-jährige Justizvollzugsbeamte Bock schlurfte gelangweilt über den endlosen Gefängnisgang. Die meisten Untersuchungsgefangenen schliefen um diese frühe Tageszeit noch, bevor sie um sechs Uhr morgens von dem lauten Gong geweckt wurden. ‚Armes Schwein, seine Verlobte wurde vergiftet und er soll es gewesen sein. Dumm gelaufen.‘ Stefan Bock schloss die schwere Tür zur Zelle 25 auf, ohne vorher, wie es die Dienstvorschrift vorsah, durch den Spion geschaut zu haben. Hätte er es bloß gemacht! Der Schreck wäre ihm nicht so heftig in die Glieder gefahren: Die spindeldürren Beine von Mark Knopf-Eisen hingen schlaff in der Luft, der ganze Körper baumelte leblos an einem geknoteten Stück Stoff, der um den Hals des Gefangenen geknotet war. Das obere Ende des Strickersatzes war am Fenstergitter befestigt. Unterhalb des Selbstmörders befand sich eine stinkende Pfütze von Erbrochenem, seine Hose hatte im Schritt einen riesigen Urinfleck. Bock überwand seinen Ekel und drückte auf den Alarmknopf seines Handys. Er erschrak selbst über den schrillen Sirenenklang auf dem Gang. Innerhalb weniger Sekunden standen seine beiden Frühstückskollegen in der Zelle. Während der grauhaarige Witzeerzähler sich über den Schweinkram beschwerte, aber trotzdem den Leichnam mit seinem I-Phone von mehreren Seiten fotografierte, versuchten Stefan Bock und sein jüngerer Mitstreiter, beim Untersuchungshäftling Puls und Atmung zu kontrollieren.

„Absolut nichts zu fühlen!"

„Ist er tot?"

„Wahrscheinlich! Sollen wir ihn hängen lassen oder doch noch versuchen, ihn wieder zu beleben?"

„Bist du bescheuert? Jetzt bei Corona? Wir lassen ihn hängen, bis der Vollzugsleiter hier ist."

Die drei Beamten verschlossen die Zelle und warteten davor auf den Vollzugsleiter, der zwischenzeitlich informiert worden war. Kurz nach dessen Eintreffen waren auch Rettungssanitäter und Polizisten am Tatort erschienen. Anhand der Umstände mutmaßten die Anwesenden, dass der Gefangene sein Unterhemd und sein T-Shirt zerrissen und dann die Einzelteile zu einer Art Strick verknotet hatte. Aufgrund des auffallend leichten Körperbaus von Knopf-Eisen hatte der Strick dem Druck standgehalten und so die Selbsttötung ermöglicht.

Der aufmerksame Vollzugsleiter fand, halb unter dem Kopfkissen versteckt, einen Abschiedsbrief: ,Ich kann nicht mehr leben ich bin unschuldig am Tod meiner geliebten Helene Aber mir glaubt keiner!'

Die zuständige Staatsanwaltschaft in Kiel leitete ein Todesermittlungsverfahren ein. Da aber alle betroffenen Mitarbeiter des Untersuchungsgefängnisses glaubwürdig aussagten, dass sie jede Stunde regelmäßig nach Knopf-Eisen geschaut hätten und dass ihm, obwohl keine Suizidgefährdung ersichtlich gewesen war, am Vorabend vorschriftsmäßig auch Hosengürtel und Schnürsenkel abgenommen worden waren, wurde das Verfahren recht schnell eingestellt. Der Abschiedsbrief sprach ja auch eindeutig für eine Selbsttötung. Es fanden sich weder publicitygeile Rechtsanwälte noch habgierige Verwandte des Toten, die an der Aufklärung der genauen Tatumstände ein gesteigertes Interesse zeigten.

Nur Stefan Bock konnte an diesem Abend nicht einschlafen. Kaum hatte er die Augen geschlossen, sah er den baumelnden Leichnam vor sich. ,Hätte ich bloß damals in der Schule besser aufgepasst und wäre Bankangestellter geworden!'

28
Der Kommissar und das Meer

„Gott sei Dank hab' ich meine Freizeitklamotten an, mit Schlips und Kragen würde ich hier inmitten der vielen Feriengäste richtig doof auffallen." Satt und zufrieden streckte Wilhelm Bielfeld alle Viere von sich. Die 300 Kilometer Anfahrt nach Sondervig, einem idyllischen Ferienort zwischen Nordsee und Ringköbing-Fjord, hatte er trotz der peniblen Kontrolle der dänischen Grenzbeamten in knapp vier Stunden geschafft. Er hatte sich sogar als kleinen Luxus den Umweg über die landschaftlich sehr reizvolle Autostraße 181 via Nymindegab und Hvide Sande erlaubt. Aber den Blick über die Nordsee auf der linken und den Fjord auf der rechten Seite fand er schon damals, als er hier mit seiner Frau regelmäßig den Sommerurlaub verbracht hatte, sehr beeindruckend.

Sein Gegenüber, Erik Wiking, hatte er als typisch dänisch-gemütlichen und interessierten Gesprächspartner kennengelernt. Beim Verzehr des oberleckeren Drei-Gänge-Menüs im Restaurant Sandgaarden in Sondervig hatten Wilhelm und Erik, die sich gleich auf das dänische Du verständigt hatten, etliche Gemeinsamkeiten in ihren Lebensläufen festgestellt. Erik war auch in Schleswig-Holstein aufgewachsen. Nach der Scheidung seiner Eltern war er als Kind zusammen mit seiner dänischen Mutter nach Ringköbing gezogen. Sein älterer Bruder Sven war beim deutschen Vater in Rendsburg geblieben. Auch nach dem Tode der Eltern vor vielen Jahren hatten die beiden Brüder regelmäßigen und herzlichen Kontakt gehabt. Umso schlimmer war für Erik die Nachricht von Svens schrecklicher Ermordung. Der Bitte nach einem persönlichen Gespräch mit Kriminalhauptkommissar Wilhelm Bielfeld hatte er ohne Zögern sofort zugestimmt.

Nach dem Genuss des obligaten Verdauungs-Espressos überreichte Bielfeld der netten Bedienung zur Bezahlung seine Mastercard, als Trinkgeld legte er einen 20-Euroschein dazu.

„Willst du einen kleinen Spaziergang am Wasser machen? Ich erzähle dir dann von meinem Bruder."

Die beiden Männer schlenderten gemütlich den Badevej entlang in Richtung Nordsee. Als sie die Düne zum Strand überquert hatten, zogen sich Erik und Wilhelm Schuhe und Strümpfe aus, krempelten ihre Hosenbeine hoch und genossen das erfrischende Meereswasser an den nackten Füssen.

„Willst du in Richtung Houvig gehen? Dort können wir die Hinterlassenschaften vom ‚GröFaZ' bestaunen!". Wilhelm Bielfeld musste einen kurzen Augenblick überlegen.

„Ach, Adolfs Bunkeranlagen stehen immer noch am Strand?"

„Natürlich! Das Ganze sollte doch Tausend Jahre halten!", schmunzelte der Deutsch-Däne. „Erzähle mal Wilhelm, was wisst ihr über den Tod von meinem Bruder?" Wilhelm Bielfeld schilderte schonungslos offen die grausame Ermordung von Sven Wiking und berichtete von dessen geheimnisvollen Aktentaschen-Tick. Auch das Gespräch mit seinem Freund, Dr. Ekkehard Schlau, über die landespolitischen Hintergründe der Jahre 1985 bis 2005 erwähnte er ausführlich. Erik Wiking nickte mehrmals mit dem Kopf. Einiges vom Erzählten war ihm wohlbekannt, andere Sachen hörte er zum ersten Mal.

„Was du erzählst, Wilhelm, passt gut zu dem, was ich mit Sven erlebt habe. Auf einer feucht-fröhlichen Familienfeier, es muss damals mein 50.Geburtstag gewesen sein, erzählte Sven nach dem Genuss von etlichen leckeren Elephanten-Bieren, dass er sich nach Ende der Dienstfahrten abends Notizen über die mitgehörten Gespräche seiner Mitfahrer gemacht hatte. Manchmal saßen zwei oder drei Politiker oder hohe Beamte in seinem Auto, oft aber auch nur Barschel, Engholm oder später Heide Simonis. Die hatten entweder Akten studiert oder mit Mitarbeitern telefoniert. Gespräche mit dem Fahrer waren selten und nicht erwünscht."

„Hat Sven denn über den Inhalt seiner Notizen gesprochen?"

Erik Wiking lachte: „So besoffen war er auch nicht! Nur über die persönlichen Eigenarten der Drei hat er gelegentlich gelästert."

„Gab es da etwas, was heute noch brisant sein könnte?"

„Nein, das waren lediglich Äußerlichkeiten oder kleine Marotten der hohen Tiere. Seine letzte Chefin, die Frau Simonis, hatte ihre dienstlichen Termine regelmäßig genutzt, um nebenbei ihre riesengroßen Vorräte an Töpfen und Vasen und Pott und Pan zu vermehren. Häufig lagen im Kofferraum des Dienstwagens große Mengen an gut verpacktem Krimskrams aus Porzellan und Steingut. Und Sven musste die Pakete dann der Frau Ministerpräsident in ihre Altbauwohnung am Bordesholmer See schleppen. Oft genug bekam er dann die nicht immer belustigte Reaktion von Udo Simonis mit, dem Ehemann von Heide."

„Aber das alles bot dem späteren Heide-Mörder keinen wirklichen Grund, ihr seine Abgeordneten-Stimme zu versagen."

„Vielleicht war der Herr ja hauptberuflich Vertreter für Tupper-Waren und konnte deshalb Heides Porzellantick nicht verkraften." Erik musste selbst über seine abwegige Idee schmunzeln.

„Und Engholm? Und Barschel? Was hat dein Bruder über diese beiden Landesfürsten berichtet?"

„Mit Björn Engholm hatte Sven sich sogar geduzt. Die Beiden hatten über ihre berufliche Vergangenheit als Schriftsetzer beziehungsweise als Buchdrucker viele Gemeinsamkeiten in ihrem frühen Lebenslauf. Lustig und übertrieben fand Sven an seinem Chef nur, wenn dieser schweigend oder räuspernd seine obligate Pfeife in die Hand nahm und bedeutungsschwer über den Brillenrand in die Ferne blickte. Das wirkte wie eine Empfehlung eines übereifrigen Rhetoriklehrers." Bielfeld musste grinsen. So hatte er den damaligen Ministerpräsidenten auch oft bei dessen Fernsehauftritten erlebt. Aber Stoff für irgendwelche Erpressungsversuche durch Sven Wiking konnte er darin nicht finden.

„Und Barschel? Was hatte dein Bruder mit dem so erlebt?" Erik Wiking blieb stehen, bückte sich und warf einen Strandkiesel in die

Nordsee. Schwungvoll hüpfte der Stein über die nächsten drei Wellen, bevor er unterging.

„Ja, das ist schwierig zu beantworten." Erik ging langsam weiter. „Da war viel zu viel Dramatik in der Geschichte. Sven beschrieb Barschel schon lange vor Beginn der Affäre als arrogant und machtbewusst. Der MP ließ gerne seinen Hintergrund als Rechtsanwalt und Notar und seinen doppelten Doktortitel der Rechtswissenschaften und der Philosophie heraushängen. Auch die Verwandtschaft seiner Ehefrau Freya zur weitverzweigten Familie Bismarck war eine Sache, die eher Distanz als Nähe schaffte."

„Und die Hintergründe für die spätere Affäre? Hat Sven davon etwas mitbekommen?"

„Er hat nie darüber gesprochen und ich habe auch bewusst nicht danach gefragt. Ich wollte meinen Bruder nicht in Schwierigkeiten bringen." ‚Schade', dachte Wilhelm.

„Habt ihr gelegentlich über seine Finanzen gesprochen? Mir ist bei den Ermittlungen ein krasses Missverhältnis zwischen seinem A10-Beamtengehalt und seinen Guthaben auf diversen Sparbüchern aufgefallen."

„Also von unseren Eltern haben wir leider nichts geerbt. Vermögende Ehefrauen haben wir beide nicht gehabt."

Erik lächelte: „Das wäre jetzt das erste Mal, dass ich was erbe. Aber Sven hatte mal beiläufig relativ gute Nebeneinkünfte erwähnt, die er angeblich nach seiner Pensionierung regelmäßig erzielen würde. Aber woher die kamen, hat er nie erzählt."

„Warum ist er im Jahre 2005 in den vorzeitigen Ruhestand gegangen? War er krank?"

„Nee, ganz bestimmt nicht. Aber der Nachfolger von Frau Simonis, der CDU-Abgeordnete Peter Harry Carstensen, wollte als persönliche Mitarbeiter, und seinen Fahrer zählte er dazu, nur Personen seines Vertrauens beschäftigen. Und Sven als SPD- und Gewerkschaftsmitglied zählte eindeutig nicht dazu."

„Und wie hat Sven so sein Rentnerleben verbracht? Gab es da irgendwelche Besonderheiten?" Erik Wiking schüttelte den Kopf. „Nach einiger Zeit, vor einigen Jahren, musste er sich einer üblen Bandscheibenoperation unterziehen, wohl eine Folge seines jahrzehntelangen Autofahrens. Deshalb benötigte er später einen Rollator. Und aus Angst, dass er die vielen Treppen zu seiner Wohnung in der Saldernstraße nicht mehr bewältigen könnte, ist er dann in den Rosengarten nach Bordesholm gezogen."

„Lieber Erik, das war ein sehr nettes Gespräch mit dir! Vielen Dank! Leider haben wir viel zu wenig auf die Schönheiten der Nordsee und der Sanddünen geachtet. Aber eine letzte Frage habe ich noch: Weißt du, wo die Notizen deines Bruders geblieben sind?"

„Keine Ahnung, aber weggeschmissen hat er bestimmt nichts. Er war mehr Sammler als Jäger. Vielleicht sind sie ja in der verschwundenen Aktentasche?"

„Das haben wir auch schon vermutet."

„Und in seinem Zimmer?"

„Seine Sparbücher waren, ähnlich wie bei Herrn Jansen damals, in einer Schublade. Allerdings nicht in der Küche, sondern im Schreibtisch. Aber Aufzeichnungen haben wir dort nicht gefunden."

„Versucht es einmal im Kleiderschrank. Ich weiß von meiner verstorbenen Mutter, dass sie dort als Altenheimbewohnerin ihre Geheimschublade hatte."

„Guter Tipp! Vielen Dank!"

„So, bevor du jetzt ins Großdeutsche Reich zurück fährst, oder dahin, was davon übriggeblieben ist, lass uns die Reste von Adolfs Westwall bewundern. Guck, der größte von den Bunkern dahinten sieht von der Seite wie ein riesiger Frosch aus."

„Tatsächlich," schmunzelte Wilhelm. „Und er reißt sein Maul genau so weit auf wie damals der Größte Führer aller Zeiten."

„Aber nun genießen wir beiden auf dem Rückweg nach Sondervig Wind und Wasser und die Sonne von vorne!"

„Und du zeigst mir, wie man Kieselsteine zum Wellenhüpfen bringt." Kriminalhauptkommissar Wilhelm Bielfeld trat vergnügt seine Rückreise nach Kiel an. Das war ein richtig schöner Tag in Dänemark.

29
Der Heimleiter und sein Geheimnis

„Das ist schön, Herr Kühl, dass sie sich Zeit für mich genommen haben." Erika, die Diplomatin, verstand es immer wieder, Männern Honig um den Bart zu schmieren. Besonders gut klappte es bei der Generation der Silver Ager mit Vollbart.

„In diesen aufregenden Zeiten haben sie doch bestimmt genug zu tun!"

„Das ist wirklich wahr, die Einhaltung der sich ständig ändernden Corona-Bestimmungen ist für alle hier im Rosengarten eine fürchterliche Belastung. Und dann kann es halt passieren, dass man auch mal etwas unwirsch reagiert, liebe Frau Kommissar." Erika Friedberg lächelte und bediente sich vom obligaten Keksteller. ‚Kotz, Brech, Würg! Kokoskekse: Pfui Deibel! Überhaupt nicht mein Ding!' Schnell trank sie einen großen Schluck Kaffee, um den ekligen Geschmack im Mund loszuwerden.

„Ach Herr Kühl, lassen sie bitte die Kommissarin weg. In Sachen Helene Tischer gibt es zurzeit keine Neuigkeiten und ich bin heute ausnahmsweise ganz privat hier." Erika Friedberg hatte vor dem Gespräch beschlossen, die Selbsttötung vom Mark Knopf-Eisen nicht zum Thema zu machen.

„Ja, ich kann mir denken, weshalb sie hier sind. Ihre Frau Mutter hat sich bestimmt über mich beschwert, weil ich sie bei unserem Gala-Essen so böse angeraunzt habe."

„Ach Herr Kühl, die Bemerkung meiner Mutter war etwas unpassend, aber bestimmt nicht böse gemeint. Es tat ihr auch hinterher sehr leid. Aber ihre Drohung, sie aus dem Rosengarten zu schmeißen, war natürlich ein riesiger Schock für sie. Zumal sie sich hier äußerst wohl fühlt".

„Ihre Mutter hat sich im Rosengarten wirklich prima eingelebt. Sie ist die erste Bewohnerin, die es geschafft hat, ein herzliches Verhältnis zu der sonst sehr verschlossenen Frau Speck aufzubauen."

„Kann ich meine Mutter also beruhigen und ihr mitteilen, dass die Sache vom Tisch ist?"

„Ja, natürlich." Sören Kühl seufzte ganz tief. „Ihnen kann ich es ja erzählen. Vielleicht haben sie es auch schon durch ihre Polizeiarbeit erfahren. Meine Ehefrau Heidi und ich haben dieses Jahr sehr viel Schreckliches erlebt. Unser einziges Kind, unser Sohn Bjarne, ist in eine ganz dumme Geschichte `reingerutscht. Zusammen mit einem Kumpel hat er, warum auch immer, eine junge Reiterin aus Groß Buchwald entführt. Bei einer völlig missglückten Polizeiaktion sind alle drei auf fürchterliche Weise ums Leben gekommen."

Sören Kühl wischte sich die Tränen aus den Augen. Erika Friedberg biss sich auf die Lippen. Ihre Anwesenheit bei dem fehlgeschlagenen und so folgenschweren Befreiungsversuch wollte und musste sie dem Heimleiter nicht offenbaren.

„Meine Frau ist seitdem krankgeschrieben. Auf jede Kleinigkeit reagiert sie völlig panisch. Als sie vor wenigen Tagen einen Zusammenstoß von zwei Radfahrern erlebt hatte, bekam sie einen schrecklichen Heulanfall. Obwohl sich die beiden Radler überhaupt nicht verletzt hatten." Sören Kühl machte auf Erika Friedberg einen tieftraurigen und verzweifelten Eindruck. Durch ihren Kommissarinnen-Kopf geisterten böse Gedanken. ‚Hat der dicke Heimleiter in seinem Leid vielleicht Trost bei seiner jungen, schicken Angestellten gesucht? Aber Helene war nicht bereit, ihm diesen Trost zu geben? Und wie hat Kühl auf diese Abfuhr reagiert?‘

„Möchten sie noch einen Keks?"

Sören Kühl riss sie aus ihren Überlegungen. „Nein danke, wirklich sehr nett. Aber die Corona-Kalorien drücken auf die Waage, viel mehr als gewünscht."

„Was soll ich denn sagen?" Kühl strich sich demonstrativ über seinen dicken Bauch. „Wenn sie ihre Mutter noch besuchen wollen: Um diese Tageszeit sitzt sie meistens mit ihrer neuen Freundin, der Frau

Speck, auf der Sonnenterrasse. Ich weiß nicht, was die beiden dann immer zusammen aushecken. Aber andere Bewohnerinnen, die dort auch Platz nehmen wollen, werden immer schnell weggebeten."

„Hoffentlich akzeptieren die beiden Ladies wenigstens meine Anwesenheit." Erika war froh, das Gespräch mit dem Heimleiter beenden zu können. Irgendwie war er ihr doch etwas unheimlich geworden. Und die Kekse heute hatten fürchterlich geschmeckt.

30
So eine Scheiße

„Käthe!" Der Ruf aus der Nasszelle klang sehr verzweifelt. Käthe Friedberg hatte gerade versucht, es sich im Rahmen der Möglichkeiten auf einem der harten Holzstühle an dem kleinen Tisch ihres Appartements bequem zu machen, um die Kieler Nachrichten ihrer Zimmerkollegin Lore Speck durchzublättern. Als sie die ersten vier Seiten gelesen hatte, wunderte sie sich, wieviel Zeit Lore heute auf der Toilette verbringen würde. Normalerweise ging es bedeutend schneller, bis Käthe die Klospülung hörte. Aber heute: NICHTS! Nur Lores laute Klage. Rücksicht auf ihre kaputten Knochen und Gelenke nehmend, stand Käthe mühsam auf und klopfte energisch an die Badezimmertür.

„Lore, was ist denn? Bist du gestürzt?"

„Ach Quatsch! Aber die Klospülung funktioniert nicht und ich hatte Verdauung." ‚So eine Scheiße', dachte Käthe.

„Und was soll ich jetzt machen?"

„Kannst du den Hausmeister anrufen? Ich versuche inzwischen, die Bescherung mit Hilfe des Wasserhahnes zu beseitigen", tönte es durch die Tür.

„So, meine Damen, die Angelegenheit ist erledigt. Ihre Toilettenspülung funktioniert für weitere fünfzig Jahre." Der nette Hausmeister Konrad Krause strahlte die beiden Ladies an und stellte seine schwere Werkzeugtasche auf den Boden.

„Fünfzig Jahre hat sie bestimmt schon auf dem Buckel, da kann mal was kaputt gehen."

„Na, junger Mann, was sollen wir Beiden denn sagen? Unsere fünfzigsten Geburtstage haben wir schon vor etlichen Jahren gefeiert." Lore Speck war deutlich anzumerken, wie froh sie über das schnelle und unkomplizierte Ende des Klodramas war.

„Apropos feiern: Dürfen wir sie als kleines Dankeschön für ihre tolle Hilfe auf ein Gläschen Sherry einladen?" Käthe Friedberg hatte Gefallen an dem attraktiven und hilfsbereiten Hausmeister gefunden.

„Eigentlich trinke ich tagsüber im Dienst überhaupt keinen Alkohol! Aber wer bin ich, dass ich zwei netten Damen einen Wunsch abschlagen kann?" Konrad Krause machte es sich auf der Kante von Käthes Bett bequem, mit weit ausgestreckten Beinen lag er dort mehr als dass er saß.

„Auf ihre Gesundheit, meine Damen!" Krause war einer der wenigen Männer, der Sherry mochte. Nach dem dritten Glas erzählte er ungefragt, wie nett und charmant er die verstorbene Helene Tischer fand. Während Lore Speck konzentriert zuhörte, holte Käthe Friedberg eine Tüte Marzipankartoffeln aus ihrem Kleiderschrank, auch daran fand der Hausi Gefallen. Nach dem dritten Griff in die Schüssel mit den Süßigkeiten und dem fünften Glas Sherry berichtete er ausführlich und aus Lores Sicht viel zu langatmig vom einseitigen Verhältnis des Heimleiters zu der Getöteten.

„Helene, also ich meine Frau Tischer, und ich sollten vor einigen Wochen das Appartement Nummer sechs neu einrichten. Beim Möbelschleppen und so hatten wir auch Gelegenheit zum Schnacken. Und als ich Helene mal nach ihrem Befinden fragte, fing sie plötzlich fürchterlich an zu weinen. Auf mein Nachfragen erzählte sie, unser Heimleiter, also der Herr Kühl, würde sie immer öfter belästigen. Am Anfang nur mit Worten und Bemerkungen; er deutete regelmäßig an, wie unglücklich seine Ehe wäre und dass seine Frau ihn seit vielen Jahren nicht mehr lieben würde. Und er wäre trotz seines Alters und seiner Figur doch noch ein sehr gesunder Mann." Die Polizisten-Mutti Friedberg fragte nach Details.

„Ist er denn auch zudringlich oder sogar handgreiflich geworden?"

„Zuerst wohl nicht. Bis zu dem Tag, als er zusammen mit Helene bei Edeka war, um für den Rosengarten einzukaufen. Der Kombi von Kühl stand ziemlich weit am Rand des großen Parkplatzes, kaum ein weiteres Auto oder ein anderer Mensch war in der Nähe. Laut Helene sei Kühl nach dem Einkauf plötzlich fast zu ihr auf den Beifahrersitz gerutscht und habe sie mit den Worten ‚schön, dass wir uns endlich nähergekommen sind' versucht, auf den Mund zu küssen. Helene sei vor Schreck wie versteinert gewesen. Sie habe nicht gewusst, wie sie reagieren sollte. Schließlich war es ja ihr Chef, der sie küssen wollte. Aber vor seinem unangenehmen Mundgeruch hätte sie sich noch Tage später geekelt. Zum Glück sei damals unser Azubi Freddy Frischkorn direkt an dem Auto vorbeigegangen und hätte freundlich gegrüßt. Ob er die Situation überhaupt bemerkt hatte, konnte Helene nicht erkennen. Jedenfalls hätte Kühl sofort von ihr abgelassen und die beiden wären, ohne ein Wort zu wechseln, zurück zum Rosengarten gefahren."

„Hat denn Herr Kühl schon öfter mal versucht, mit den weiblichen Angestellten, sagen wir mal, zu flirten?" Konrad Krause lachte laut.

„Die haben doch alle das Kaliber von Inge Beysel. Da will doch kein normaler Mann ran!" Lore und Käthe schauten sich indigniert an.

„Meine Liebe, ich glaube, die Sonnenterrasse wartet auf uns. Und der Herr Krause hat bestimmt noch viel zu erledigen." Lore Speck hatte genug gehört. Sie wollte lieber mit Käthe Friedberg das weitere Vorgehen erörtern. Konrad Krause verstand trotz seines Alkoholpegels die Signale, griff seinen Werkzeugkoffer und verabschiedete sich nett und höflich.

„Also, Käthe, Petzen war schon in der Schule unbeliebt. Aber ich denke trotzdem, du solltest noch heute deiner Tochter Erika von diesem Gespräch erzählen."

„Wird nachher erledigt Lore. Aber erstmal gönnen wir uns ein Kännchen Kaffee auf der Sonnenterrasse. Und dann lästern wir ein wenig über unseren liebestollen Heimleiter."

31
Trench und Tinte

„Das hat mal wieder gut geklappt!" Zufrieden drückte Wilhelm Bielfeld auf den Absende-Pfeil seines I-Phones, um die letzte von zwei Mails loszuschicken.

„Lieber Wilhelm, das freut mich wirklich, dass es bei dir mal wieder gut geklappt hat." Seine Kollegin Erika Friedberg lächelte süffisant. „Hast du dabei an deine Morgenverdauung oder an dein aktuelles Geschlechtsleben gedacht?"

„Erika! Dienst ist Dienst und ich habe nur meine beiden E-Mails an Horst Trench vom Verfassungsschutz und an Rolf Tinte von den Kieler Nachrichten im Kopf gehabt!"

„Häh? Was willst du denn von den Beiden?"

„Ich hatte dir doch von meinen Treffen mit meinem alten Freund Ekkehard Schlau und mit Erik Wiking, dem Bruder des Ermordeten, erzählt. Der kluge Oberstudienrat gab mir den Tipp, mich in dieser Sache an die beiden Experten zu wenden. Das habe ich jetzt getan: Kurz den Sachstand aufgegeben und unsere Überlegungen zur Landespolitik der Jahre 1985 bis 2005 geschildert. Apropos Überlegungen: Wenn ich zwei Stück Kuchen aus der Kantine hole, kochst du denn einen frischen Kaffee?"

Der KN-Reporter hatte aktuell wenig zu berichten. Die alljährliche Sommerpause in der Politik und die außergewöhnlichen Corona-bedingten Veranstaltungsausfälle hatten seinen Terminkalender in starkem Maße ausgedünnt. Seine Mail-Antwort kam innerhalb von zwanzig Minuten; Erika und Wilhelm hatten ihre Kaffee- und Kuchenpause noch gar nicht beendet.

„Lieber Herr Bielfeld, vielen Dank für ihre Nachfrage. Natürlich kann ich mich noch sehr gut an die von ihnen genannten Politik-Skandale in Kiel erinnern! Alle drei Vorgänge sind aus meiner Sicht, ähnlich wie sie es formuliert haben, nie hundertprozentig aufgeklärt worden. Am wenigsten relevant ist heutzutage sicherlich die Schubladenaffäre der Herren Engholm und Jansen. Die Nicht-Wiederwahl von Frau Simonis bietet meines Erachtens keine aktuellen Möglichkeiten für eventuelle Erpressungsversuche. Der Drops ist auch hier schon lange gelutscht! Eine gewisse Brisanz liegt heute immer noch in der Barschel-Affäre. Meine reichlich vorhandene Phantasie ist allerdings viel zu wenig ausgeprägt, um hierbei Motive für einen so grausamen Mord an einem ehemaligen MP-Fahrer zu finden. Tut mir leid! Viele Grüße aus der Fleethörn! Herzlichst Rolf Tinte".

Der Mitarbeiter des Amtes für Verfassungsschutz rief den Kommissar abends auf dessen Privattelefon an.

„Hallo, hier ist Horst Trench. Aus meiner Sicht gibt es keinerlei Zusammenhang zwischen dem geschilderten Mord und den drei von ihnen genannten Ministerpräsidenten. Ansonsten gebe ich ihnen den freundschaftlichen Rat, die Angelegenheiten lieber ruhen zu lassen!" Ohne sich zu verabschieden hatte der Anrufer das Gespräch beendet. ‚Typisch Schlapphut!', ärgerte sich Bielfeld. ‚Aber wirklich weitergeholfen hat mir keiner der Experten! Da war der nette Däne doch viel aussagekräftiger. Ich werde mir in den nächsten Tagen das Zimmer von Sven Wiking im Rosengarten noch mal genauer ansehen. Vor allem den Kleiderschrank. Und dann werden wir weitersehen!"

32
Die Polizei - Dein Freund und Helfer

„Was ist denn hier los?" Heimleiter Sören Kühl hatte nach dem für seinen Sohn Bjarne tödlich verlaufenen Polizeieinsatz in Klein-Buchwald eine natürliche Aversion gegenüber Polizeibeamten. Und nun standen nicht nur die ihm bereits bekannten Kriminalbeamten Friedberg und Bielfeld vor seiner Bürotür, sondern auch noch zusätzlich zwei ihm unbekannte Polizisten in Dienstuniform.

„Guten Tag, Herr Kühl. Wir haben einen Durchsuchungsbeschluss gemäß §§ 192 ff StPO über ihre Wohn- und Geschäftsräume." Wilhelm Bielfeld räusperte sich.

„Es geht um die vorsätzliche Tötung zum Nachteil ihrer Angestellten Helene Tischer. Die Durchsuchung soll dazu dienen, eventuelle Beweismittel aufzufinden und sicherzustellen und einen eventuellen Täter zu ergreifen." Sören Kühl fasste sich theatralisch ans Herz.

„Ich darf mich nicht aufregen, hat mir mein Hausarzt geraten."

„Dafür besteht zurzeit auch kein Anlass, lieber Herr Kühl. Setzen sie sich hin und schauen zu, was wir hier machen." Erika Friedberg war die nette Kommissarin. Kriminalhauptkommissar Bielfeld reichte den Durchsuchungsbeschluss wortlos an den Heimleiter. Die beiden Polizeikommissare Michael Haß und Manfred Liebe begannen, schweigend sämtliche Schranktüren im Büro zu öffnen und gewissenhaft den Inhalt der Schubladen und Fächer zu kontrollieren. Bielfeld und Friedberg schauten den Beamten etwas gelangweilt zu. Sören Kühl setzte sich auf seinen Bürostuhl, öffnete unauffällig die rechte Schreibtischtür und fingerte, als er sich unbeobachtet fühlte, mit zitternden Händen zwei kleine Päckchen aus dem Büromöbel. Bevor er sie in seiner Brusttasche seines Jacketts verschwinden lassen konnte, ermahnte ihn Kriminalhauptkommissar Bielfeld ruhig aber bestimmt: „Stopp! Herr Kühl legen sie bitte die beiden Sachen sofort auf den Schreibtisch!" Kühl bekam einen roten Kopf und stotterte los.

„Das sind meine Herztropfen, ich muss sie sofort einnehmen."

„Die Medikamente auf den Tisch! Wir werden es kontrollieren."

Kriminaloberkommissarin Friedberg wurde energisch. Sören Kühl
seufzte tief und packte die beiden kleinen Pappkartons auf den Tisch.
Bielfeld und Friedberg griffen sich jeder eine Schachtel und öffneten
sie.

„Komisch: Insulin gegen Herzbeschwerden! Ich habe zwar nie Me-
dizin studiert, aber diese Behandlungsmethode erscheint mir sehr ungewöhnlich." Bielfeld konnte sein Grinsen kaum unterdrücken. Frau
Friedberg hatte mittlerweile im Schreibtisch eine blaue Kühlbox entdeckt, in der die Ampullen augenscheinlich aufbewahrt worden waren.

„Na, Herr Kühl? Wollen sie uns nicht endlich die Wahrheit über den
Tod von Helene Tischer erzählen?" Bielfeld gab den beiden Polizisten
ein Zeichen, dass sie sich neben den Verdächtigen stellen sollten. Der
dicke Heimleiter begann zu schwitzen und noch mehr zu stottern.

„Ich habe neben meinem Bluthochdruck auch Diabetes, für eventuelle Notfälle soll ich Insulin-Präparate in meinem Schreibtisch aufbewahren. Mein Hausarzt kann ihnen dieses sofort bestätigen."

„Dann rufen wir ihn doch gleich mal an." Kühl drückte aufgeregt
auf seinem Handy. „Hallo, Herr Doktor! Gut, dass ich sie erreiche. Ich
brauche von ihnen eine kurze Bestätigung, dass ich an Diabetes leide
und Insulin einnehmen muss. Ich kann ihnen das jetzt nicht erklären,
ich reiche das Telefon mal weiter an eine Frau Friedberg."

„Arztpraxis am Rathaus, sie sprechen mit Doktor Ortwin Reinicke.
Was kann ich für sie tun?"

„Guten Tag, Herr Doktor. Mein Name ist Friedberg, Erika Friedberg
von der Kripo Kiel. Es wäre schön, wenn sie uns kurz mitteilen könnten, ob Herr Sören Kühl bei ihnen wegen einer Diabetes-Erkrankung
in Behandlung ist und gegebenenfalls welche Medikamente sie ihm
dagegen verschrieben haben."

„In Ordnung, geben sie mir bitte nochmals den Herrn Kühl." Erika reichte das Telefon an den Heimleiter Kühl zurück.

„Hallo, Herr Kühl. Ist das ok so? Entbinden sie mich hiermit von meiner ärztlichen Schweigepflicht?"

„Ja, natürlich Herr Doktor Reinicke." Sören Kühl atmete laut und schwer, während der Arzt sich die Patientendatei im Bildschirm anschaute. Nach einer gefühlten Ewigkeit erklang die Stimme des Arztes im Telefon.

„Hier bin ich nochmals. Ich habe alles geprüft, lieber Herr Kühl. Sie waren vor einem guten Jahr zum letzten Mal in meiner Praxis: Ich hatte damals erhöhte Fett- und Zuckerwerte in ihrem Blut festgestellt. Zu einer erneuten und genaueren Untersuchung sind sie aber leider nicht mehr bei uns erschienen. Eine Diabetes-Diagnose und eine entsprechende Insulin-Medikation sind von mir nicht erfolgt. Tut mir leid! Kann ich sonst noch etwas für sie tun?" Kühl schüttelte stumm den Kopf, Friedberg bedankte sich herzlich bei dem netten Arzt für dessen Hilfe. Bielfeld gab den Polizisten ein weiteres Handzeichen.

„Herr Kühl, ich nehme sie wegen des Verdachtes der vorsätzlichen Tötung zum Nachteil von Frau Helene Tischer vorläufig fest. Sie haben das Recht zu schweigen. Wenn sie wollen, können sie aber ihre Ehefrau kurz telefonisch informieren." Kühl schüttelte nochmals mit dem Kopf, diesmal aber sehr viel hektischer. „Die beiden Herren bringen sie nach Kiel, dort wird morgen der Haftrichter über das weitere Vorgehen entscheiden.

„Puh, zwei Mörder in einer kleinen Kernfamilie! Bisschen viel für die arme Ehefrau und Mutter!" Sogar Wilhelm Bielfeld verspürte ein gewisses Mitleid. „Und die Mordsache Wiking? Hat Kühl damit auch was zu tun?" Erika Friedberg schaute ihren Kollegen fragend an.

„Glaube ich nicht. Aber wenn wir schon mal im Rosengarten sind, lass uns nochmal einen Blick in den Kleiderschrank des Toten werfen."

„Seit wann interessierst du dich für Klamotten, lieber Wilhelm? Und dann noch für die von alten toten Männern? Obwohl eine neue

Jeans könntest du dringend gebrauchen." Nach einem kritischen Blick auf seinen Corona-Bauch: „Aber diesmal bitte in passender Größe. Lass uns schauen, was der tote Wiking an edlen Stoffen für dich übrig gelassen hat." Wilhelm Bielfeld schüttelte nur den Kopf.

„Frauen! Nimm lieber die Kühlbox und das Insulin mit, das bringen wir nachher zur Untersuchung zu meiner Lieblingsgerichtsmedizinerin Frau Dr. Frankenstein. Sie soll feststellen, ob die arme Helene mit diesen Präparaten umgebracht worden ist."

„Und zwischendurch kaufen wir beim örtlichen Edeka-Markt noch einen großen Kasten Mon Cherie und eine Flasche Champagner für unsere beiden alten Krimi-Ladies. Meine Mutter und ihre neue Freundin haben schließlich zum heutigen Ermittlungserfolg maßgeblich beigetragen!"

„Nun mal langsam mit die jungen Pferde. Wir wissen noch nicht, was die Gerichtsmedizin und der Haftrichter sagen werden."

33
Der Kleiderschrank mit doppeltem Boden

Die dicke Beysel hatte auf die Information, dass ihr Chef wegen Mordverdachtes vorläufig festgenommen worden war, nur wenig überrascht reagiert. „Das Töten liegt da wohl in der Familie". Sie hatte auch keinerlei Einwände, dass Bielfeld und Friedberg das Zimmer des ermordeten Sven Wiking nochmals genauer inspizieren wollten. „In zwei Wochen soll das Appartement wieder vermietet werden, solange können sie es sich dort gemütlich machen." Nett und fürsorglich wie sie nun mal war, brachte sie den beiden Polizisten sogar zwei Trinkgläser und eine Flasche stilles Mineralwasser. Die Beamten hatten zwischenzeitlich ohne Probleme das Polizeisiegel an der Wohnungstür aufgebrochen.

„Na, Wilhelm? Sind passende Klamotten für dich dabei?" Erika Friedberg konnte ihre Sticheleien mal wieder nicht unterdrücken.

„Schau mal hier: Diese herrliche, weinrote Strickjacke kleidet dich bestimmt ganz hervorragend! Sie würde dir im Kreise deiner Kollegen ein äußerst würdevolles Auftreten sichern. Du müsstest nur noch Ärmelschoner aufnähen lassen, damit das gute Stück nicht so unter der Büroarbeit leidet." ‚Blöde Kuh!' Bielfeld hatte andere Sorgen.

„Lass uns lieber die untere Etage des Schrankes untersuchen." Um den von Erik Wiking angedeuteten doppelten Boden des Schrankes anheben zu können, mussten die Polizisten Berge von Socken und Strümpfen, Unterhosen und Unterhemden, Taschentüchern und Schals bei Seite legen. Zum Glück vermied Erika weitere blöde Kommentare, und so konnten sie die Altkleidersammlung in Ruhe auf dem Bett des Toten ausbreiten.

„Das DRK wird sich freuen, die verteilen doch in Kiel in ihren RotKreuz-Märkten immer Kleidung an Bedürftige. Ich werde Frau Beysel entsprechend informieren." Bielfeld dachte sozial. „Die Sachen sehen ja noch relativ neuwertig aus." Beim Öffnen des Geheimfaches in dem alten Eichenschrank verspürten die Beiden eine gewisse Anspannung. Vielleicht gab es hier einen Hinweis auf den grausamen Mörder? „Holla die Waldfee! Was haben wir denn da?" Unter dem schweren Holzboden fanden sie mehrere dicke Notizbücher im Format DIN A5. Einige sahen sehr abgegriffen aus, als wenn Wiking diese noch oft durchgesehen hätte. Andere vermittelten einen weniger benutzten Eindruck. Aber alle Bücher rochen penetrant nach Museumsmuff; Erika öffnete ganz schnell die Fenster zum Rosengarten, um frische Luft ins Zimmer zu lassen. Wilhelm störte der Mief nicht, er konzentrierte sich darauf, die Bücher in derselben Reihenfolge auf den Tisch zu platzieren, in der er sie die aus dem Versteck geholt hatte.

Friedberg und Bielfeld nahmen sich sehr viel Zeit, um den Inhalt der Bücher zu verstehen. Auf der ersten Seite war jeweils eine doppelte Jahreszahl vermerkt: 1985/86, 1989/90 bis 2001/02 und 2003/04. Nur für die Jahre 1987/88 und 2005 fehlten die Bücher. In einer separaten Gesamtübersicht waren diese Jahrgänge allerdings aufgelistet worden. Auch nach weiterem, äußerst intensivem Suchen im ganzen Zimmer blieben die Bücher unauffindbar.

„Kannst du die Sauklaue etwa entziffern?" Wilhelm Bielfeld kratzte sich nachdenklich am Kinn.
„Die Schrift in den älteren Büchern ist noch einigermaßen leserlich. Ab Mitte der Neunziger Jahre wird es völlig krakelig. Wenn Wiking so chaotisch Auto gefahren ist, wie er zuletzt geschrieben hat, verwundert es nur, dass Engholm und Simonis damals nicht durch einen Verkehrsunfall ums Leben gekommen sind." Erika fehlte mal wieder die nötige Portion Pietät und Takt.
„Ich kann nur erkennen, dass Wiking unter den Tagesdaten seine entsprechenden Notizen gefertigt hatte. An einigen Stellen sind Namen wie Barschel, Engholm und Simonis zu vermuten. Oder von

einigen, noch heute bekannten Regierungsmitgliedern wie Henning Schwarz, Günter Jansen, Ralf Stegner, Rudolf Titzck oder Claus Möller."

„Mehrmals tauchen Städtenamen auf: Bonn in den älteren Exemplaren, Berlin in den Jahrgängen nach der Wiedervereinigung. Aber auch Hamburg, Lübeck, Flensburg und Warnemünde. Aber hilft uns das irgendwie weiter?"

„Ich vermute mal nein. Ich werde mir die Notizbücher heute Abend zuhause nochmals ansehen. Und morgen werde ich sie dann unserem Chef vorlegen. Soll der entscheiden, was damit passieren soll".

„Ein sehr weiser Entschluss, mein lieber Wilhelm! Und was machen wir jetzt mit der weinroten Strickjacke? Willst du nicht wenigstens mal reinschlüpfen? Du weißt doch, dass ich auf ältere Männer im Landhausstil stehe." Erika verkniff sich ein böses Grinsen.

„Dann gibst du am 26. September bestimmt Herrn Tweed-Gauland mit seiner Labrador-Krawatte deine Stimme?"

„Pfui, Wilhelm!" Erika war ehrlich empört über die Einschätzung ihres Kollegen.

34
Dr. Frankenstein und der arme Sören

„Na, da wird der liebe Heimleiter wohl ein mittelgroßes Problem bekommen!" Die Gerichtsmedizinerin Frau Dr. Kunigunde Frankenstein verglich zum dritten Mal die Charakteristika der beiden Insulin-Proben. „So was von identisch, da wird sich mein Lieblingskommissar aber freuen!" Auch ihre die penible Mitarbeiterin, Frau Christina-Gisela Lehmann, hatte vorsichtshalber die Medikamente analysiert und die Meinung ihrer Chefin bestätigt.

„Schönen guten Tag, Herr Kommissar. Hier ist die Gerichtsmedizin vom UKSH."

„Frau Dr. Frankenstein! Hat ihr Zahnklempner etwa ihr Lispeln beseitigt? Aber ganz ehrlich: Schön, dass sie wieder die Alte sind!"

„Nur akustisch, lieber Bielfeld! Nur akustisch, nicht optisch. Mein Gebiss wurde völlig neugestaltet, damit könnte ich Blendax-Model werden. Sie müssen unbedingt mal wieder auf einen Sprung vorbeikommen, sie werden Bauklötze staunen! Aber deswegen rufe ich sie nicht an. Ich wollte ihnen nur kurz mitteilen, dass die untersuchten Insulin-Proben völlig deckungsgleich sind. Es steht also mit 99%iger Sicherheit fest, dass Frau Tischer mit dem Insulin getötet worden ist, das sie im Schreibtisch des Senioren-Herrschers gefunden haben. Das schriftliche Gutachten maile ich ihnen in den nächsten Tagen zu. Oder benutzen sie noch ein Fax-Gerät? Und für heute wünsche ich ihnen noch einen excellenten Arbeitstag!"

„Dankeschön, den werde ich kaum haben. Nicht, weil unser Faxgerät schon seit Jahren auf dem Müll steht, sondern weil ich gleich das Gespräch mit dem Verdächtigen führen werde. Und das wird nicht vergnügungssteuerpflichtig sein." Unser Menschenkenner sollte fürchterlich Recht behalten.

Die Reaktion von Sören Kühl war viel dramatischer als erwartet. Er heulte wie ein kleines Kind, stieß mit seinem schweren Kopf heftig gegen die Tischplatte und greinte los: „Lieber Gott, lass mich sterben. Ich wollte es nicht. Ich wollte Helene nicht töten. Die Spritze sollte doch nur ein kleiner Hinweis sein, dass sie mich nicht so böse behandeln darf." Bielfeld und Friedberg schauten sich erstaunt an. Der Kriminalhauptkommissar zuckte ratlos mit den Schultern, Erika Friedberg fasste allen Mut zusammen.

„Herr Kühl, inwiefern hat Frau Tischer sie böse behandelt?"

„Sie war so schrecklich zu mir! Ich hatte ihr die Geschichte von Bjarne anvertraut, und dass meine Frau Heidi nach Bjarnes Tod völlig depressiv geworden ist. Und dass sie mich nur noch abgelehnt hat, seelisch und körperlich. Ich wollte doch nur ein wenig getröstet werden. Als ich versucht hatte, sie im Auto zu küssen, hat sie mich völlig beleidigend und böse abgewehrt. Später wollte ich in meinem Büro mit ihr über den Vorfall sprechen und mich entschuldigen. Und was hat die Schlampe gesagt? Mit meinem Verlobten Mark bin ich sehr glücklich! Auch körperlich! Und mit Konrad Krause habe ich einen supersexy Verehrer an der Hand! Aber dicke, alte Männer stehen nicht auf meiner Wunschliste! Da bin ich durchgedreht! Als Strafe wollte ich ihr einen kleinen, harmlosen aber schmerzhaften Insulin-Schock versetzen. Ich wollte sie doch nicht töten! Den Stich mit der Spritze in ihren rechten Oberarm hatte sie in ihrer Aufregung gar nicht bemerkt."

Das relativ zügig gefertigte Gesprächsprotokoll mit dem Geständnis unterschrieb der Heimleiter ohne Nachfragen.

„Was wir jetzt aus Heidi?", weinte er immer wieder. ‚Mit verheultem Gesicht wirst du erst recht keine Erfolge bei der Damenwelt erzielen, mein Lieber! Naja, im Knast sind auch nicht so viele Mädels. Und über das Leben und Leiden deiner armen Heidi hättest du dir vorher deinen Kopf zerbrechen müssen.' Erika Friedberg verspürte trotz der anfänglichen Sympathie für den Heimleiter Kühl überhaupt kein Mitleid für den Mörder Kühl. Aber vor dem Gespräch mit dessen Ehefrau graute ihr. Noch eine Selbsttötung in dieser Geschichte wäre schrecklich.

35
Rita und ihr Gedächtnis

„Schön, Frau Fischer, dass sie einen Augenblick Zeit für mich haben." Wilhelm Bielfeld säuselte möglichst charmant durch den Telefonhörer. „Es geht nochmal um den Mord am Bordesholmer See."

„Mein Gott, Herr Bielfeld, ich habe der Polizei doch wirklich alles gesagt, was ich gesehen habe."

„Das mag ja richtig sein, liebe Frau Fischer. Aber aus meiner langjährigen Praxis als Kriminalpolizist weiß ich, dass Zeugen oft erst Tage oder Wochen nach der Tat Gegebenheiten oder Details als wichtig empfinden, denen sie anfangs keinerlei Bedeutung zugemessen haben."

„Herr Bielfeld, um es ihnen sehr deutlich zu sagen: Ich versuche ganz bewusst, das schreckliche Erlebnis an der Parkbank aus meinem Gedächtnis zu löschen. Der Anblick des ermordeten Mannes am See war wirklich kein Vergnügen für mich, ich will die Erinnerungen an diese wohl fürchterlichste Stunde meines Lebens möglichst schnell loswerden. Können sie das nicht verstehen?" Durch das Telefon klang deutlich die Verzweiflung der Groß Buchwalderin.

„Ein kleines Detail, das nicht so blutbehaftet ist: Können sie sich an eine Aktentasche erinnern, die sich am Tatort befunden haben soll?"

„Weiß ich nicht, habe ich nicht gesehen!"

„Und der Mensch auf dem Fahrrad? Ist ihnen hierzu noch etwas eingefallen?"

„Herr Bielfeld, sie verschwenden ihre, aber auch meine Zeit! Ich weiß nicht mehr, als ich ihrer Kollegin sofort nach der Tat erzählt habe. Auf Wiederhören!" Rita Fischer beendete abrupt das Gespräch, Wilhelm Bielfeld schaute blöd aus der Wäsche.

„Habe ich etwas verkehrt gemacht?" Seine Kollegin Friedberg zuckte mit den Schultern.

„Kann ich nicht beurteilen, entweder weiß die gute Frau Fischer wirklich nicht mehr. Oder sie weiß mehr, will es uns aber, aus welchen Gründen auch immer, nicht offenbaren."

„Du meinst, sie will den Täter oder die Täterin decken?"

„Dafür gibt es keinerlei Hinweise, lieber Wilhelm. Sie kannte augenscheinlich weder das Opfer, noch hat sie beruflich oder sonst wie mit den ehemaligen Ministerpräsidenten zu tun gehabt. Sie ist im Heilwesen für Tiere tätig, ihr Verhalten finde ich völlig verständlich und erklärlich."

„Und nun, was machen wir nun?"

„Ich werde versuchen, über die Öffentlichkeit nach dem unbekannten Radfahrer zu forschen, also über die Regionalpresse und über das Internet. Vielleicht hat ja doch jemand irgendetwas gesehen, diese Beobachtung aber nicht mit dem Geschehen in Verbindung gebracht. Genauso, wie du es vorhin Frau Fischer völlig richtig erklärt hast."

Bielfeld strahlte über sein ganzes Gesicht.

„Erika, endlich mal ein Lob von dir! Ich werde heute süß und selig von dir träumen."

„Aber vorher kannst du lieber etwas Produktives machen, um den Fall aufzuklären."

„Das werde ich tun! Du erwähntest das Internet: Ich habe immer noch die merkwürdige Schlagzeile über die Erschütterungen in der Kieler Landespolitik im Kopf. Ich habe mir das nicht eingebildet. Und selbst wenn Dr. Google und Fräulein Facebook viel dummes Zeug verzapfen, irgendeinen Hintergrund muss diese Meldung gehabt haben. Man sagt doch immer, dass Internet vergisst nichts. Warum denn ausgerechnet diesen Hinweis, der für uns lebenswichtig sein könnte."

„Ach mein Wilhelm. Nun übertreibe mal nicht, unsere Beamten-Position und das damit verbundene Gehalt und die spätere Pension sind uns auch sicher, wenn der Mörder von Sven Wiking sein weiteres Leben in unendlicher Freiheit genießen kann."

„Du hast ja mal wieder Recht, liebe Erika. Apropos genießen: Wie wäre es mit einer Portion frischer Erdbeeren mit Sahne und Vanilleeis aus der Kantine. Soll sehr lecker schmecken. Und du machst den Kaffee dazu?"

Nachdem die beiden Kriminalpolizisten das leckere Dessert genossen hatten, wurden sie von unbändiger Arbeitswut übermannt. Erika verfasste am PC einen aufrüttelnden Aufruf an die Bevölkerung und bat um Hilfe bei der Tätersuche. Sie stellte den Aufruf ins Netz und schickte Kopien an die Kieler Nachrichten, an den Courier und an die Bordesholmer Rundschau. Und Wilhelm surfte durchs Netz, um die alten Schlagzeilen wieder ins Leben zu holen. Aber ohne Erfolg!

„Lass uns morgen überlegen, welche weiteren Wege wir bei der Tätersuche einschlagen können. Aber jetzt wollen wir erstmal darüber schlafen."

„Wilhelm! Denk an ‚me too'! "

36
Wilhelm und das Netz

„Die Internetseiten vom Spiegel und vom Focus, von der KN und von der Landeszeitung, von der Tagesschau und vom Heute-Journal und so weiter und sofort ...! Mensch, Erika: Ich habe alle wichtigen Netzquellen angeschrieben und nach der geheimnisvollen Schlagzeile wegen der angeblichen Erschütterungen in der Kieler Politik nachgefragt. Frage: Wie viele konnten sich erinnern und haben positiv geantwortet?

Antwort A: zwei?
Antwort B: drei?
Antwort C: einer?
Antwort D: keiner?"

„Herr Jauch, ich bin mir nicht sicher! Kann ich den Publikumsjoker nehmen?"

„Nein, das geht nicht, die Zuschauer sind schon alle nach Hause gegangen."

„Dann tippe ich auf D."

„Richtig, Frau Friedberg! Sie sind eine Runde weiter. Und jetzt die 1-Million-Euro-Frage: Wie gehen wir als frustrierte Ermittler weiter vor?

Antwort A: Wir beantragen den vorzeitigen Ruhestand
Antwort B: Wir nehmen ein Sabbatjahr
Antwort C: Wir ziehen gemeinsam in den Rosengarten und genießen unsere Pension
Antwort D: Wir freunden uns mit den Kieler Kiezgrößen an und warten dort auf Infos"

„Habe ich noch den 50/50-Joker?"

„Ja, Frau Friedberg, den haben sie noch. Wollen sie den wirklich einsetzen?"

„Ja, Herr Jauch, bitteschön!"

„Aber vielleicht benötigen sie denn viel dringender bei der 2-Millionen-Frage?"

„Nein, ich bin eine vorsichtige Beamtin und möchte ihn jetzt nehmen!"

„Ok! Die beiden Antworten A und D bleiben übrig."

„Ich tippe nochmals die Antwort D. Das hat mir schon in der letzten Runde Glück gebracht."

„Auch diesmal, liebe Frau Friedberg. Antwort D ist wieder richtig, da hat unsere Redaktion ziemlich einfallslos gearbeitet."

„Und nun, lieber Wilhelm Jauch?"

„Ich übernehme die Mädels an der Stange, nicht die von der Stange. Und du deren Loddels?"

„Ach Wilhelm, ein bisschen Spaß muss sein, das hat schon Roberto Blanko gesungen. Aber ich befürchte, unsere Vorgesetzten sehen dass ein wenig kritischer und wollen bald Ergebnisse sehen. Sonst haben wir ein Problem!" Erika Kassandra sollte recht behalten.

37

Lasse Liegen und der kalte Fall

„Mensch, die Kollegen wissen doch, dass ich um diese Uhrzeit mein power-napping mache, um das Suppenkoma zu bekämpfen." Staatsanwalt Westendorf ärgerte sich maßlos über das penetrante Klingeln seines Telefons. Es war im Hause allgemein bekannt, dass er die fünfzehn Minuten nach dem Kantinengang für einen kurzen Büroschlaf nutzte. Ein Blick auf das Display zeigte ihm den Störer an: „0431-9880-4711, das ist bestimmt mein alter Studienfreund Lasse Liegen vom Justizministerium." Westendorf nahm grummelnd den Hörer ab.

„Lasse, mein bester und ältester Freund; wie geht es dir und dem Förderer deines Reichtums?"

„Hallo Wessi! Mir geht es hervorragend und dem Ministerium auch. Alles Nähere sollten wir Beiden mal bei einem maskenfreien Bier besprechen. Aber für heute habe ich eine dienstliche Geschichte, die wohl nicht so angenehm wie ein kühles Getränk ist."

„Was ist los? Soll ich etwa in den vorzeitigen Ruhestand versetzt werden, weil meine Plädoyers zu mild geworden sind?"

„Davon ist mir nichts bekannt; ganz im Gegenteil: Du hast hier immer noch das Image des härtesten Hundes der Kieler Strafjustiz!"

„Also, worum handelt es sich dann, lieber Lasse?" Der Leitende Regierungsdirektor Lasse Liegen räusperte sich bedeutungsschwer.

„Es geht um die Mordsache am Bordesholmer See. Der Täter, der den Sven Wiking so grausam erdrosselt hat, konnte trotz umfangreicher Bemühungen der Kripo bisher nicht ermittelt werden."

„Ja, das nervt langsam. Zum Glück hat die Öffentlichkeit noch nicht so hart nachgebohrt. Das heiße Sommerwetter, die abflachende Corona-Pandemie und sonstige schöne Sachen sind für die Regionalpresse und deren Leser wichtigere Themen."

„Das soll auch so bleiben. Die Spitze meines Hauses hat gestern entschieden, dass wir die Mordsache Sven Wiking als Cold-Case behandeln wollen. Dementsprechend soll das Ermittlungsverfahren ab sofort an die SoKo Altfälle abgegeben werden." Staatsanwalt Westendorf schluckte.

„Äh, Lasse, grundsätzlich ist das ja in Ordnung. Aber die Cold-Case-Technik wenden wir normalerweise erst dann an, wenn die polizeilichen Untersuchungen für längere Zeit, in der Regel für ein Jahr, ergebnislos verlaufen sind. Und alle Bemühungen der Kripo vergebens waren. Das ist hier keineswegs der Fall, ganz im Gegenteil: Die zuständigen Kripobeamten Bielfeld und Friedberg, beides übrigens alte Hasen in ihrem Fach, haben mir gerade gestern eine Mail geschickt, dass sie interessante, neue Wege zur Tätersuche beschreiten wollen."

„Wessi, bitte informiere die Beiden noch heute, dass der Fall ab sofort nicht mehr in deren Zuständigkeit fällt."

„Und bitteschön: Wer hat das so entschieden?" Lasse Liegen reagierte etwas ungehalten auf die Frage des Staatsanwaltes.

„Na, wie ich doch sagte, die Leitung des Ministeriums."

„Und mit welcher Begründung?"

„Die wurde mir selbstverständlich nicht mitgeteilt. Aber ich bin auch nur ein kleiner Beamter!"

„Jaja, A16 ist kaum mehr als Hartz IV! Mir kommen die Tränen. Das Bier im Wubbke werde ich selbstverständlich gerne ausgeben. Armer Lasse, zum Glück bekommst du monatlich die Ministerialzulage, davon kann ich als Staatsanwalt nur träumen."

„Die Bierfrage werden wir bestimmt einvernehmlich lösen, alter Freund. Hauptsache, du säufst nicht mehr so viel wie zu gemeinsamen Studientagen."

„Die Getränke sind weniger, aber edler und teurer geworden. Und bevor ich die beiden Kripobeamten informiere, werde ich mir erstmal Mut antrinken. Die werden bestimmt äußerst gallig reagieren."

„Hallo, die sind nur Hilfsorgane der Staatsanwaltschaft! Gib ihnen das ruhig klar und deutlich zu verstehen!"

„Sie werden trotzdem entsetzt sein, ich werde im Wubbke vom

Gespräch berichten. Nächsten Dienstag um 20.00 Uhr?"

„Ich freue mich."

38
Kein Alkohol ist auch keine Lösung

„Nein, Herr Westendorf! Das kann und darf nicht wahr sein!" Erika Friedberg war stinkesauer und empört über das, was ihr der Staatsanwalt am Telefon mitgeteilt hatte. „In welchem Staat leben wir denn, dass ein grausamer Mörder nicht verfolgt wird und seine schreckliche Tat ungesühnt bleiben soll?"

„Liebe Frau Friedberg, bitte bewahren sie die Contenance! Natürlich soll der Mord aufgeklärt werden und der Täter seiner gerechten Strafe zugeführt werden. Aber, wie ich soeben ausgeführt habe, alles im Rahmen der Cold-Case-Technik, also durch die bereits bestehende und sehr erfolgreich arbeitende Sonderkommission für Altfälle. Aktuell binden wir zu viel Manpower für diesen Fall, die an anderer Stelle dringender benötigt wird." ‚Von gendergerechter Sprache hat dieser Chauvi auch noch nichts gehört!' Die Kriminaloberkommissarin war auf Zinne, trotzdem bemühte sie sich um ein gewisses Maß an Höflichkeit.

„Wo wird denn die Arbeitskraft der Beamten und Beamtinnen des Morddezernates aktuell so viel mehr gebraucht, lieber Herr Westendorf?"

„Äh, ja, also äh, ich denke mal bei der Aufklärung der schrecklichen Mordserie in Kiel und Umgebung, also zum Beispiel." Der Vertreter der Staatsanwaltschaft merkte selbst, auf welch dünnem Eis er sich mit seiner Argumentation befand.

„Hallo? Geht es noch? Der Fall ist aus Polizeisicht so gut wie aufgeklärt, jetzt geht es nur noch um die juristische Würdigung dieser schrecklichen Taten. Aber ich merke leider, wie sinnlos eine Weiterführung unseres Gespräches ist. Auf Wiederhören!"

Wilhelm Bielfeld ahnte von all dem Unheil nichts. Er stand in der Polizeikantine an, um für Erika und sich selbst den obligaten

Nachmittagskuchen zu holen. War es ein blöder Zufall, dass es heute trocknen Beerdigungskuchen gab? Allerdings unter dem netten Namen norddeutscher Butterkuchen. Bielfeld freute sich auf den frischgebrühten Kaffee seiner Kollegin, aber was erwartete ihn im Büro? „Wilhelm, ich höre hier auf! Sofort! Ich heirate einen reichen Mann und mache ihn glücklich. Ob in der Küche oder im Bett! Von diesem Scheißladen habe ich die Schnauze voll!" „Erika, meine Lieblingskollegin, was ist los?" Und Erika erzählte: Mal stockend, mal weinend.

Wilhelms Reaktion konnte man bei aller Sympathie für diesen netten Kriminalhauptkommissar nur als mittelschweren Wutanfall bezeichnen. Er schmiss den erstbesten Gegenstand, einen schweren Klammeraffen aus Metall, auf den Boden und brüllte los. „Da steckt System dahinter! Da will jemand aus der hohen Politik vertuschen, welchen Dreck die Altvorderen in den vergangenen Jahrzehnten am Stecken hatten!" Er muffelte seinen trocknen Kuchen runter. „Ich besaufe mich heute, wie ich es schon lange nicht mehr gemacht habe, großes Indianerehrenwort!" ,Noch so ein politisch unkorrekter Begriff! Was für ein Tag heute!' Erika war völlig fertig. „Darf ich mitmachen? Alleine Saufen macht dick! Ich habe zuhause noch vier Flaschen leckeren Rotwein von Mutti. Bringst du etwas zu knabbern mit?" „Mach ich gerne." Wilhelm hatte ein deja vu. „Aber deine Mutter ist noch im Heim?" Erika musste lachen. „Soll ich sie abholen, damit wir zu dritt sind?" „Nein bitte nicht, ich komme um 20:00 Uhr."

39
Frauen- und Männerphantasien

„Gerhard, wie war ich?"

„Doris, du warst toll! Zweimal hast du mich heute Nacht glücklich gemacht". Schlaftrunken küsste der Kriminalhauptkommissar seiner Kollegin zärtlich die Nase.

Die Kriminaloberkommissarin strahlte: „Und dabei waren wir die ganze Zeit nicht einmal in der Küche!" Wilhelm raffte seinen Oberkörper in die Vertikale.

„Apropos Bundeskanzler: Sag mal Erika, meinst du, dass die Fahrer der früheren Regierungschefs auch Geheimdossiers über ihre Dienstherren angelegt hatten?"

„Wilhelm! Nach so einer schönen Nacht bitte nicht schon vor dem Frühstück dienstlich werden!" Erika knuffte ihren Bettgenossen zärtlich in den Bauch.

„Nein, im Ernst, ohne Gedanken an den toten Wiking zu verschwenden: Unter den Kanzlern Willy B., Helmut S., Helmut K. und Gerhard S. gab es damals unzählige Gerüchte über deren Ehe- und Sexualleben. Auch ohne Internet!"

„Naja, der letzte dieser Kanzlergarde bot doch überhaupt keinen Anlass, über eventuelle Seitensprünge zu spekulieren. Der war nachweislich zusammen mit seinen damaligen Politkumpels Oskar L. und Joschka F. Mitglied im sogenannten Audi-Club."

„Häh? Schröder als niedersächsischer Autokanzler bevorzugte doch als Dienstwagen die schwere Limousine von Volkswagen, den Phaeton."

„Nein! Ich meine nicht die Automarke, woran ihr Männer immer gleich denkt! Ich hatte die vier Ringe im Auge, nicht die im Kühlergrill, sondern die, zeitlich schön versetzt, an der rechten Hand." Wilhelm Bielfeld lacht laut.

„Stimmt! Trotz ihrer angeblich progressiven, politischen Gesinnung waren die drei eher von bürgerlichen Moralvorstellungen geprägt. Die neuen Flammen wurden möglichst schnell geheiratet."

„Genau, und wenn ich richtig mitgezählte habe, alles viermal!"

„Und Willy und die beiden Helmuts?"

„Dass Willy ein Womanizer vor dem Herrn war, ist überall bekannt gewesen. Bei seinem Nachfolger wurde erst nach dem Tod von Loki in der Öffentlichkeit publik, dass er jahrelang eine Zweitfrau gehabt hatte. Und bei Birne gab es über viele Jahre entsprechende, böse Gerüchte über sein Verhältnis mit der Büroleiterin. Auch andere Frauen sollen damals im Bundeskanzlerbungalow übernachtet haben."

„So viel Sex und Erotik im alten, ehrwürdigen und spießigen Bonn? Aber aktuell in Berlin?"

„Ich glaube, Joachim hat keinen Grund, sauer auf seine Angela zu sein."

„Na, wenn die Bundeskanzlerin beim EU-Gipfel mit Emmanuel zusammen kommt? Der Franzose steht doch nachweislich auf ältere Frauen."

„Wenn sie denn zusammen kommen, ist doch toll für die Beiden."

Erika raffte sich frech grinsend auf, zog ihren Morgenmantel über und bereitete in der Küche das Frühstück vor.

„Du kannst schon mal in die Dusche gehen, mein Lieber."

Wilhelm genoss die erfrischende Dusche und die vielen gutduftenden Rossmann-Produkte in Erikas Badezimmer. ‚Warum hat sie als alleinstehende Frau Männershampoo, Rasierzeug und Nivea Men im Regal stehen?', wunderte sich der Kurzzeit-Lover. Er war jedenfalls höllisch froh und erleichtert, dass diese Nacht mit Erika so viel befriedigender und harmonischer verlaufen war als ihre damalige Parkplatz-Pleite auf der Passat-Rückbank. Und dass Erika auch hervorragend Kaffee kochen konnte, wusste Wilhelm von den vielen gemeinsamen Nachmittags-Kaffee-und-Kuchenrunden im Büro.

Beim Frühstück saßen Helene Tischer, Sören Kühl, Sven Wiking und Staatsanwalt Westendorf zum Glück nicht mit am Tisch. Die beiden Polizisten tratschten über Holstein Kiel und den Nichtaufstieg, die Fußball-Europameisterschaft und die bescheidenen Erfolge der deutschen Nationalelf und das spannende Titelrennen zwischen dem THW Kiel und der SG Flensburg-Handewitt. Bielfeld warf einen Blick auf die Küchenuhr:

„Oh Gott, schon elf Uhr durch. Ich muss dringend ins Büro!" Erika checkte kurz sein Outfit und schickte ihn mit einem kleinen Küsschen auf die Reise.

„Bis morgen, ich bin heute bei Mutti."

‚Und hier soll nachts immer so viel Lärm und Radau sein?' Bielfeld war positiv erstaunt über die angenehme Ruhe, die um diese Tageszeit rings um den Schrevenpark herrschte. Wenige Schulkinder und Studenten, ob zu Fuß oder auf dem Rad, waren zu sehen. Ein paar ältere Frauen und Männer zuckelten mit ihren Einkaufstaschen in Richtung Wilhelmplatz. ‚Wahrscheinlich ist heute Wochenmarkt'. Bielfeld war in Gedanken und bemerkte die beiden finsteren Gestalten nicht, die hinter seinem Passat standen. Als der Polizist die Autoschlüssel aus seiner Jackentasche fingerte, machten die beiden Männer einen Schritt nach vorne. Der größere, ein mächtiger Muskelmann im schwarzen Jogginganzug, schnellte seine rechte Faust nach vorne. Direkt auf das Kinn von Wilhelm Bielfeld. Der schwankte, versuchte auf den Beinen zu bleiben. Aber vergeblich: Es wurde zappenduster für den Kommissar und mit einem lauten Stöhnen fiel er rücklings auf den geteerten Radweg. Der kleinere der beiden Schläger trat mit seinem rechten, bestiefelten Fuß heftig gegen den Brustkorb seines Opfers. Erst einmal, dann nochmal. Immer wieder und wieder. Bielfeld war kurz davor, erneut die Besinnung zu verlieren. Er versuchte verzweifelt, sich zusammenzurollen, um dem Stiefelknecht möglichst wenig Angriffsfläche zu bieten. Bielfeld blutete am Kopf, hatte am ganzen Körper unerträgliche Schmerzen. Und keine Kraft und keine Luft, um nach Hilfe zu schreien. An eine Gegenwehr, wie bei der Polizei gelernt und trainiert, war überhaupt nicht zu Denken.

„Hallo! Was machen sie da? Lassen sie den armen Mann in Ruhe!" Ein älteres Mütterchen mit Einkaufsrolli an der linken Hand ging beherzt auf das Schlägerduo zu. Mit dem rechten Arm schwang die Alte ihren Gehstock durch die Luft. Die beiden Männer stutzten kurz und verschwanden dann zügig, aber nicht überstürzt durch den Schrevenpark in Richtung Eckernförder Straße. Auf dem halbtoten Polizisten lag ein Schmierzettel: Lass deine Finger von der Politik!

40
Die Verlobung im Krankenhaus

Erika Friedberg zupfte nervös an ihrer Perlenkette. ‚Wie soll ich mich gegenüber der Rezeptionskraft in der Parkklinik vorstellen? Als Kollegin des Verletzten? Als Bekannte? Oder als Freundin? Wegen Corona lassen sie ja nicht alle Besucher zu den Kranken.‘ Sie räusperte sich zweimal.

„Guten Tag, mein Name ist Erika Friedberg. Ich wollte meinen Verlobten besuchen, Herrn Wilhelm Bielfeld. Er ist gestern Vormittag bei ihnen eingeliefert worden." Der smarte junge Mann hinter dem modernen, knallrot lackierten Empfangstresen lächelte nett zurück.

„Guten Tag, Frau Friedberg. Da haben sie Glück: Die Visite ist gerade beendet. Sie können ihren Verlobten gerne besuchen, ich bringe sie zu ihm." Erika hielt ihren Besucher-Blumenstrauß fest in der rechten Hand, sie musste sich beeilen, um dem athletischen Krankenhausmitarbeiter und seinem schnellen Schritt folgen zu können. Bei Krankenzimmer 2.3. stoppte der junge Mann so abrupt, dass die Kriminaloberkommissarin ihm in den Rücken stolperte.

„Ups, da hab‘ ich wohl zu schnell gebremst, Entschuldigung!" Erika merkte, wie sie errötete. So ein Mann, so ein Mann, zieht mich unwahrscheinlich an. Erika schmunzelte, weil ihr mit einem Mal dieser doofe, uralte Schlager einfiel. Wer hatte ihn damals bloß gesungen? Erika Pluhar? Oder Margot Werner? Auf jeden Fall war sie körperliche Kontakte mit so jungen Männern nicht mehr gewohnt.

Der Pfleger klopfte kurz an die Tür des Zimmers: „Besuch für sie, Herr Bielfeld. Ihre Verlobte ist da!" Dezent entfernte er sich in Richtung Empfangstresen. Unsicher betrat Erika den Raum, sie erschrak heftig: Ihr lieber Wilhelm sah schrecklich aus. Sein Gesicht war geschwollen, Nase und Wangen blau bis grün und der nackte Oberkörper mit wohl kühlenden Bandagen umwickelt. Im Gegensatz zu diesem Elend stand das spöttische Grinsen des Patienten.

„Verlobte? Habe ich etwas Wesentliches vergessen oder gar nicht mitbekommen? Ich kann mich nur an eine zauberhafte Nacht erinnern. Und an eine anschließende, nicht ganz so zauberhafte Schlägerei. Waren das etwa zwei eifersüchtige Ex-Lover von dir?"

„Wilhelm! Ich habe mir wirklich solche Sorgen um dich gemacht! Und jetzt diese Sprüche! Na, wenigstens scheinst du wieder der Alte zu sein."

„Bloß das Lachen geht noch nicht wegen der schmerzenden Rippen. Mit der Verlobung, das kommt aber nicht von mir! Aber vielleicht weiß der nette, junge Mann vom Krankenhaus mehr als ich." Wilhelm grinste mal wieder frech.

„Was weißt du denn überhaupt? Was ist gestern Morgen denn eigentlich genau passiert?" Erika setzte sich auf die Bettkante und hielt zärtlich Wilhelms rechte Hand. Er berichtete von der Prügelei in der Goethestraße und dass ihn irgendwelche Passanten in die direkt daneben liegende Parkklinik gebracht hätten. Der behandelnde Arzt hatte bei der umfangreichen, aber recht schmerzhaften Untersuchung diverse Prellungen im Gesicht und am ganzen Körper diagnostiziert. Aber die Rippen waren zum Glück nicht gebrochen sondern nur geprellt.

„Und das trotz der Stiefel, mit denen der blöde Schläger zugetreten hatte. Hab' ich doch immer gesagt, dass mein kleines, feines Fettpolster gut für meine Gesundheit ist." Wilhelm wollte lachen, zuckte aber wegen der heftigen Schmerzen im lädierten Brustkorb zusammen.

„Und wie geht es weiter mit dir und deinem geschundenen Adonis-Körper?"

„Die Visite vorhin hat ergeben, dass ich nach Hause darf oder vielmehr muss. Durch die Fallkostenpauschale zahlt die Krankenversicherung nur für diese beiden Tage. Trotz der Schmerzen und der Beeinträchtigungen gelte ich wohl als geheilt."

„Und wie willst du dich versorgen? Zuhause ist doch keiner, der dir hilft."

„Meine Ex werde ich bestimmt nicht um Unterstützung bitten, aber vielleicht meine Verlobte?" Wilhelm musste schon wieder sein Lachen unterdrücken. Und Erika ihren kleinen Schreck. Nach einer kurzen Überlegung drückte sie Wilhelm heftig die rechte Hand.

„Du kannst ja in dem Bett von Mutti schlafen, das ist seit einigen Tagen frei."

„Gibt es denn wenigstens frische Bettwäsche? Oma-Mief mag' ich nicht so gerne."

„Blödmann, wenn du frech wirst, schmeiße ich dich sofort raus!!

„Aus Omas Bett? Gerne, wenn ich dann ins Mutti-Lager wechseln darf!"

Erika half Wilhelm beim Ankleiden, was wegen des Verbandes und wegen der Schmerzen nicht ganz einfach war. ‚Da kommt was auf mich zu. Nach der altersschwachen Mutter jetzt einen behinderten Lover im Haus. Halleluja!' Als sie Wilhelms restliche Sachen wie Handy, Schlüssel und Brieftasche aus dem Nachtisch holte und einpacken wollte, entdeckte sie den Schmierzettel ‚Lass Deine Finger von der Politik'.

„Was hat das zu bedeuten, Wilhelm?"

„Ach, das haben wohl meine neuen Freunde bei mir vergessen."

„Ich werde noch heute Herrn Staatsanwalt Westendorf von dem Vorfall gestern und von dieser blöden Drohung unterrichten. Wenn er die Ermittlungen in Sachen Wiking nicht sofort wieder eröffnet, kann er sich schon mal ein Zimmer hier reservieren!" Erika war ziemlich zornig. Und auch ängstlich.

41
Admiral Paul und sein Jaguar

Die alte Dame mit dem Gehstock, die ihren Namen hier nicht gedruckt sehen möchte, hatte nicht nur Löwenmut, sondern auch ein Elefantengedächtnis bewiesen: Ihre äußerst akkurate Beschreibung der beiden Schläger aus der Goethestraße wurde bereits einen Tag später in den Kieler Nachrichten und im Internet veröffentlicht:

„Der größere der beiden Männer war mit einem schwarzen Jogginganzug bekleidet. Auf der Brust war eine orangefarbene Aufschrift ‚Jaguar I-Pace'. Der Mann war circa 1,90 bis 2,00 Meter groß und auffallend muskulös. Er trug eine dunkelgrüne Sonnenbrille und hatte stoppelkurze, weiße Haare und einen schwarzen Vollbart. Der kleinere Täter war mit einer Jeanshose und einer Jeansjacke bekleidet. Auffallend waren seine Springerstiefel und seine hellblonde Lockenfrisur und sein rotblonder Schnauzbart. Die Polizeidirektion Kiel lobt einen Betrag von 1.000 Euro zur Ergreifung der Täter aus."

Es vergingen nur zwei Stunden bis zu den ersten Anrufen: Bei dem Großen handele es sich um einen gewissen Admiral Paul, der Kleine sei sein Kumpel Klaus Tortenbecker. Beide würden zur Kieler Zuhälterszene am Wall gehören.

Sofort wurden drei Streifenwagenbesatzungen von der Falckwache zum nur ein paar Hundert Meter entfernten Kieler Puffviertel befohlen. In der Eggerstedtstraße, gegenüber vom NDR-Funkhaus, sahen die Polizeibeamten einen auffallenden SUV am rechten Straßenrand stehen: Einen knallorange lackierten Jaguar I-Pace mit dem Kennzeichen KI EZ 2021. Daneben standen die beiden gesuchten Herren: Der Muskelmann auf der Fahrerseite, der Stiefelknecht an der Beifahrertür. Sie waren gerade im Begriff, das englische Elektroauto zu besteigen, als die Besatzung des ersten Polizeipassats Blaulicht, Martinshorn und die Leuchtschrift Polizei: ‚Bitte folgen' einschaltete. Doch die beiden Loddels beziehungsweise ihr britisches Kampfgefährt waren schneller, viel schneller! Durch das hohe Drehmoment beschleunigte der Jaguar in 4,8 Sekunden auf Tempo 100. In der gleichen Zeit hatten die Polizeieinsatzfahrzeuge gerade eine Geschwindigkeit erreicht, die selbst in einer 30er-Zone noch angemessen gewesen wäre. So sehr sich die Möchtegern-Hamiltons von der Staatsgewalt auch bemühten: Der SUV war, kaum als sie den Düsternbrooker Weg erreicht hatten, aus ihrem Blickfeld verschwunden. Die Polizisten auf den Beifahrersitzen gaben per Funk ihre Positionen durch, in der Hoffnung, dass andere Kollegen den Wagen stoppen könnten. Aber der Auto-Gott war heute auf der Seite der Gerechtigkeit: Die Polizei war knapp einhundert Meter auf der Straße mit dem neuen Namen Kiellinie, früher Hindenburgufer, gefahren, als der Beifahrer des ersten Passats jubelte: „Da! Beim Kieler Yachtclub steht er. Wahrscheinlich ist ihm der Strom ausgegangen." Der Beamte, bei seinen Kollegen als eifriger Autobild-Leser bekannt, hatte den Wagentyp gleich als Stromer identifiziert. Der Rest war relativ leichte Arbeit: Gegen sechs gut geschulte, körperlich fitte und geistig hochmotivierte Polizisten hatten unsere beiden Schläger keinerlei Chancen.

Etwas zäher verlief das erste Gespräch auf der Falckwache. Zum Glück hatten zwei Streber aus der Humboldtschule mittlerweile ihre Videos, die sie mit ihren Handys von der Schlägerei gefilmt hatten, der Polizei zugemailt. Die Frage, ob Admiral Paul und Klaus Tortenbecker den armen Kriminalhauptkommissar Wilhelm Bielfeld so übel zugerichtet hatten, war damit sehr schnell beantwortet. Nur das Warum für diese Tat blieb ungeklärt. Trotz Verhandlungsmethoden a la Falckwache blieben die beiden Zuhälter stur: Den Zettel mit der Drohung würden sie nicht kennen. Die Aktion war nur auf Bitte eines Gastes aus ihrer Stammkneipe Käpt'n Muck erfolgt. Dieser Mann, dessen Namen sie dummerweise nicht wüssten, hatte als Opfer der erfolgreichen Ermittlungsarbeit von Bielfeld mal drei Jahre hinter schwedischen Gardinen verbracht. Mehr könnten sie dazu nicht aussagen, so leid es ihnen auch tun würde.

42
Admiral Paul und sein Alibi

Kriminaloberkommissarin Erika Friedberg brauchte weder körperliche Gewalt anwenden noch das Krankenzimmer in der Parkklinik reservieren. Herr Staatsanwalt Westendorf ließ sich recht schnell von ihr überzeugen, die Ermittlungen in der Mordsache Sven Wiking neu aufzunehmen. Sein Telefongespräch mit seinem alten Studienfreund Lasse Liegen vom Justizministerium verlief zwar recht sperrig, aber letzten Endes hatte der obrigkeitshörige Beamte keine stichhaltigen Gegenargumente.

„Wie ich die hohen Herren davon überzeugen soll, muss ich mir noch überlegen."

Im Visier der Ermittler standen natürlich unsere beiden Jaguar-Freunde. In getrennten Verhören wurden die Herren Paul und Tortenbecker von der Kriminalbeamtin Friedberg gegrillt, aber leider völlig vergeblich. Admiral Paul gab zu Protokoll, an dem fraglichen Tag, als der Regierungsfahrer erdrosselt worden war, zusammen mit seinem Kumpel Klaus in Rostock gewesen zu sein. Mittags um 13.00 Uhr hatten sie einen Termin beim Autohändler Jaguar House Krüll GmbH gehabt, um sich dort den heiß ersehnten, Fabrikneuen I-Pace abzuholen.

Autoverkäuferin Doris Decker bestätigte am Telefon das Treffen:

„Ja, Frau Friedberg, ich kann mich sehr genau an die beiden Herren erinnern. Eigentlich haben wir eine etwas gediegenere Kundschaft in unserem Hause: Eher Anzug und Krawatte als Joggingklamotten, eher Budapester als Springerstiefel. Die von uns gehandelten Landrover- und Jaguar-Fahrzeuge sind bekanntermaßen am oberen Ende der Preisskala angesiedelt. Die Herren Paul und Tortenbecker passten aber irgendwie sehr gut zu dem recht auffälligen Neuwagen: etwas aggressiv, ein bisschen ungewöhnlich und ziemlich sportlich. Das Gespräch inklusive der Einweisung in den sehr innovativen, vollelektrischen Performance SUV zog sich über zwei Stunden hin. Das ist bei einem solchen futuristischen Fahrzeug aber normal."

„Ja, das kann ich mir zwar vorstellen, auch wenn es bei unserem Dienst-Passat damals etwas schneller ging." Diesen Vergleich wollte die schneidige Automobil-Akquisiteurin aus Mecklenburg überhaupt nicht gelten lassen. Aber das Alibi der Verdächtigen war somit hieb- und stichfest, zumal Frau Decker kurze Zeit nach dem Telefonat das Übergabeprotokoll mit genauen Uhrzeiten nach Kiel mailte.

Paul und Tortenbecker wurden trotz des dringenden Tatverdachtes der Körperverletzung zum Nachteil von Wilhelm Bielfeld wieder auf freien Fuß gesetzt, da sie einen festen Wohnsitz und einen geregelten Arbeitsplatz als Hauswart im Kieler Eroscenter nachweisen konnten.

Als Erika abends Wilhelm über die Neuigkeiten im Fall Wiking informierte, reagierte er anfangs recht enttäuscht.

„Solche Halunken nicht einsperren zu dürfen, tut meinem Polizistenherz immer wieder weh. Wer weiß, wen die beiden morgen auf offener Straße zusammenschlagen werden."

„Ach mein lieber Wilhelm, Hauptsache ist doch, dass wir in Sachen Wiking wieder ermitteln dürfen." Erika küsste zärtlich ihren Verlobten.

„Ach meine liebe Erika, Hauptsache ist, dass ich nicht im Oma-Bett übernachten muss. Im Mutti-Lager gefällt es mir viel besser."

„Denk an deine lädierten Knochen, mein Freund. Wenn ich dich richtig drücke, wirst du dich nach Käthes Kuschelbett sehnen!" Da sie ihn aber sehr vorsichtig und rippenfreundlich umarmte, kam bei Wilhelm diese Sehnsucht überhaupt nicht auf.

„Erika, schön dass wir uns so gut verstehen." Bielfeld stöhnte, aber nicht vor Schmerzen.

43
Rolf Tinte und die 100.000 Euro

„Hallo, Herr Bielfeld. Entschuldigung, wenn ich ihnen auf den AB quatsche. Ich würde mich sehr über ihren Rückruf freuen, es geht um die Mordsache Sven Wiking. Vielen Dank und viele Grüße ihr Rolf Tinte von den KN!"

Kriminalhauptkommissar Wilhelm Bielfeld hatte sich trotz seiner immer noch lädierten Rippen zu einem Arbeitstag im Büro aufgerafft. Jede jähe Bewegung verursachte höllische Schmerzen, deshalb ging alles langsamer und vorsichtiger von statten als gewohnt. Selbst der Griff zur Telefonanlage war mit der Angst vor plötzlichen Rippenqualen verbunden.

„Moin, Herr Tinte, hier spricht Bielfeld. Ich war leider für einige Tage außer Gefecht gesetzt, wie sie vielleicht mitbekommen haben. Zwei nette Herren hatten in der Goethestraße engen körperlichen Kontakt zu mir gesucht, was mir, ehrlich gesagt, überhaupt nicht gefallen hat."

„Tut mir leid, lieber Herr Bielfeld. Ich hatte es gelesen, aber die Täter sind ja zum Glück sehr schnell gefasst worden. Ein Hoch auf die alte Dame!"

„Ja, ich bin ihr wirklich sehr dankbar! Was haben sie denn für spannende Neuigkeiten?"

„Sitzen sie? Nicht, dass sie gleich vor Überraschung auf den Boden fallen und sich weitere Gräten prellen!"

„Schießen sie los, lieber Herr Tinte. Mich kann langsam nichts mehr erschüttern!"

„Warten wir's ab! Ich habe ein anonymes Schreiben erhalten, in dem mir gegen Zahlung von 100.000 Euro die beiden Jahrgangsbücher 1987/88 und 2005 von Sven Wiking angeboten werden."

„Na Klasse! Das kann ja nur ein stümperhafter Amateur sein! Profis lassen sich doch heutzutage in bitcoins ausbezahlen. Aber ich habe leider zurzeit kein passendes Kleingeld in meinem Portemonnaie, weder in der einen noch in der anderen Währung."

„Ach, und ich dachte, die Beamten würden so gut und reichlich bezahlt werden. Aber im Ernst: Wie wollen wir weiter vorgehen?"

„Ich muss erst mit der Staatsanwaltschaft abklären, ob und wie wir reagieren wollen. Es wäre vorteilhaft, wenn sie das auch mit der Verlagsleitung ihres Hauses besprechen könnten. Wir sollten unser Handeln auf jeden Fall miteinander abstimmen. Wie haben sie das Schreiben denn überhaupt erhalten?"

„Irgendjemand muss es nachts in den Hausbriefkasten in der Fleethörn eingeworfen haben. Auf dem Umschlag war mein Name vermerkt. Und bevor sie fragen: Eine Überwachungskamera gibt es dort nicht!"

„Ist es für sie in Ordnung, wenn ich meine Kollegin Erika Bielfeld bitte, das Schreiben und den Umschlag bei ihnen abzuholen, damit wir beides genauer auf eventuelle Spuren untersuchen können? Ich bin selbst noch nicht so mobil." „Es ist alles gut so, lieber Herr Bielfeld. Und halten sie die Ohren steif!"

44
Käthe, Lore und die unbekannte Frau

„Ein bisschen fehlt mir der liebe Herr Kühl schon." Lore Speck nippte an ihrem Sektglas. „Irgendwie ja doch schade, dass er im Gefängnis sitzt."

„Aber Frau Beysel hat sich als kommissarische Leiterin des Rosengartens doch sehr gut eingearbeitet. Man merkt, dass sie den Laden seit vielen Jahren kennt." Käthe Friedberg nahm die Flasche Sekt in die Hand und begutachtete wohlwollend das Etikett.

„Und was ist der Grund für den Metternich? Hast du eine Rentenerhöhung bekommen, liebe Lore?"

„Wenn schon, dann eine Erhöhung der Pension. Ich war doch verbeamtete Realschullehrerin, wie du wahrscheinlich weißt." Frau Speck hatte sich bis in ihr hohes Alter eine gewisse Portion Bildungs- und Standesdünkel bewahrt.

„Nein, der Sekt hat einen anderen Grund." Sie nahm den Kelch in die Hand und hielt ihn in die Höhe.

„Trinken wir auf die lieben Mitbewohnerinnen aus dem zweiten Stock, Ehrengard Wollmer und Ruth Materne. Beide haben mir gestern beim Mittagessen einen wertvollen Tipp über das Freizeitverhalten des ermordeten Herrn Wiking gegeben." Lore Speck hatte rote Eifer-Bäckchen, ob vom dritten Glas Sekt oder von der Tätersuche sei dahin gestellt.

„Aber unser verliebter Heimleiter hat nicht auch noch Herrn Wiking ermordet?"

„Nein Käthe, das hat er bestimmt nicht. In den war er auch nicht verschossen." Lore Speck trank genussvoll einen weiteren Schluck Sekt.

„Also, die beiden Damen aus dem zweiten Stock haben mir erzählt, dass Wiking sich regelmäßig mit einer jungen Frau am See getroffen haben soll."

„War er auch so liebestoll wie unser Heimleiter und hat eine Affäre gesucht?"

„Nein, Unsinn! Es ging bei den Treffen wohl mehr um den Inhalt seiner geheimnisvollen Aktentasche. Frau Wollmer und Frau Materne haben zufällig beobachtet, wie Wiking Unterlagen aus der Tasche gezogen und der jungen Frau gezeigt hatte."

„Und weiter?" Käthe war ungeduldig.

„Beide hätten sich sehr aufgeregt miteinander unterhalten. Ruth Materne meinte sogar, sie hätten sich gestritten."

„Und konnten die Beiden die Frau näher beschreiben?" Käthe Friedberg war die Polizeimutti mal wieder deutlich anzumerken.

„Die Frau soll sehr auffällig ausgesehen haben: Alter ungefähr zwanzig bis dreißig Jahre, kurze pechschwarze Haare, schwarze Lederkleidung und schrecklich viele Tätowierungen am Hals und an beiden Armen. Und an der Leine eine bullige, schwarze Labradorhündin."

„Die müsste doch zu finden sein, ich rufe gleich meine Tochter an und werde ihr von deinen Informationen berichten."

„Und sonst? Wie geht es dir und deiner Tochter?" Lore war auch immer ein wenig neugierig geblieben.

„Ach ich weiß gar nicht, ob ich das erzählen darf." Käthe Friedberg drehte ihren Kopf langsam nach rechts und dann im gleichen Tempo nach links. Es war aber kein Mensch in unmittelbarer Nähe zu sehen. „Aber nicht weitersagen, liebe Lore!" Käthe beugte sich nach vorne und flüsterte ihrer Freundin ins Ohr.

„Ich glaube, Erika und ihr Kollege haben etwas miteinander."

„Du musst schon etwas lauter sprechen, liebe Käthe. Meine Ohren sind auch nicht mehr die besten."

„Ich sagte, dass Erika und ihr Kollege sich seit einigen Tagen sehr gut verstehen würden, du weißt, was ich meine?"

„Ja, kann ich mir gut vorstellen. Ich war auch mal jung! Und wenn die Beiden sich verloben sollten, gibst du den Sekt aus. Prösterchen!"

Die beiden alten Damen genossen die letzten Tropfen Metternich und schauten zufrieden auf den herrlichen Rosengarten vor der Sonnenterrasse.

45

T-Time in Kiel

„Tag, Herr Tinte. Nehmen sie bitte Platz. Toll, dass wir mal wieder Zeit für ein persönliches Treffen haben!" Verlagsleiterin Theodora Tusche war am Anfang ihrer Dienstgespräche immer sehr nett und zuvorkommend. So auch heute gegenüber Herrn Rolf Tinte, dem freien Mitarbeiter der Zeitung.

„Tasse Tee gefällig?"

„Tausend Dank, sehr gerne."

„Tolle Reportage über die THW-Meisterfeier haben sie geschrieben." Frau Tusche schenkte den Tee ein und schob das Tablett mit der Zuckerdose und dem Sahnekännchen über den Tisch. Minuten der Totenstille vergingen. Rolf Tinte kannte junge Kollegen, männlich, weiblich und vielleicht auch divers, die nach solchen Gesprächen mit Tränen in den Augen die Chefetage verlassen hatten. Theodora Tusche wurde im Hause nur die Tigerin genannt: Sie pirschte sich langsam an ihre Opfer heran, fixierte sie mit stechendem Blick und fuhr mit einer heftigen Bewegung ihre Pranken aus. Durch die Kraft ihrer Tatzen gewann sie fast jeden Kampf. Aber Tinte wollte tapfer sein und sich und sein Anliegen verteidigen.

„Das Tötungsdelikt zum Nachteil des Regierungsfahrers kann nach ihrer Theorie nur durch die Zahlung des geforderten Lösegeldes aufgeklärt werden?" Tinte versuchte, ruhig zu bleiben und nicht zu stottern. Seit Tertianer-Zeiten auf dem Theodor-Heuss-Gymnasium in Tuttlingen litt er in Stresssituationen unter diesem fiesen Handicap. Er trank seine Tasse Tee weiter und erläuterte die Situation am Bordesholmer See und im Rosengarten. Er berichtete kurz und bündig von den Kieler Politskandalen in den Jahren 1985 bis 2005 und schilderte seine Theorie, mittels der Lösegeldzahlung und den daraus resultierenden Unterlagen eine Titelstory fertigen zu können, durch die Auflage, Umsatz und Gewinn der Kieler Regionalzeitung total gesteigert werden könnten. Verlagsleiterin Tusche überlegte und schwieg. Viel zu lange, das war Tinte sofort bewusst.

„Welche Kontaktdaten des Absenders haben sie, Herr Tinte?"

„Wir wollen am Telefon ein Treffen terminieren."

„Haben sie die Telefonnummer?"

„Nein, leider nicht." Tinte wischte sich die Schweißperlen von der Stirn. An die Jahresringe unter seinen Achseln mochte er gar nicht denken. Er fühle sich verdammt unwohl.

„Der Terminus des Trittbrettfahrers gehört zu ihrem Wortschatz?" Tinte wusste, dass jetzt jede Antwort verkehrt wäre, also schwieg er.

„Tausende von Erpressern, aber genauso viele Nachahmer versuchen jedes Jahr, auf diese verderbliche Art und Weise an das Geld von anderen Menschen zu kommen. Ohne irgendwelche Gegenleistungen anbieten zu können. Soweit die Theorie! Und die Praxis? Ich werde ihren Wunsch abschlägig bescheiden und die genannte Summe nicht zur Verfügung stellen. Ich muss die Interessen des Verlages, seiner Eigentümer, aber auch aller seiner Mitarbeiter und Mitarbeiterinnen vertreten und wahren! Tut mir leid!" Tinte spürte, dass das Gespräch zu Ende war. Obwohl noch ein wenig Tee in seiner Tasse war, verließ er mit einem kurzen Nicken das Büro der Verlagsleiterin. Ein wenig traurig war er schon.

Westendorf und seine Kollegen von der Staatsanwaltschaft Kiel wussten nicht, ob sie über die Idee von Wilhelm Bielfeld weinen oder lachen sollten.

„Hat der liebe Kollege bei seiner Schlägerei in der Goethestraße vielleicht doch zigtausende seiner wertvollen Gehirnzellen verloren?"

„Der ist doch wirklich lange genug im Geschäft, um das Risiko einer Lösegeldzahlung zu realisieren."

„Natürlich, und selbst wenn es sich in diesem konkreten Fall um keinen Trittbrettfahrer sondern um den tatsächlichen Besitzer der verdammten Unterlagen handeln sollte, wollen wir die Notizen gar nicht bekommen. Der Erpresser soll mit seinem Wissen und den Aufzeichnungen zusammen ins Grab gehen! Der Inhalt ist nicht für die Öffentlichkeit bestimmt!"

Wilhelm Bielfeld ärgerte sich über das Verhalten der Regionalzeitung und der Staatsanwaltschaft. Aber verwundert war er in keiner Weise.

46

Das alte Kreishaus und die Hündin Alekto

Der Ärger von Friedberg und Bielfeld über das Verhalten von Staatsanwaltschaft und Zeitung war relativ schnell verflogen. Beide hatten in
der Möglichkeit, durch Zahlung von 100.000 Euro an die verschwundenen
Wiking-Aufzeichnungen zu kommen, nur eine von mehreren Möglichkeiten gesehen, in der Mordsache weiterzukommen. Umso eifriger machten
sie sich auf die Suche nach der Leder-Lady vom Bordesholmer See und
ihrer Labradorhündin. Dreimal waren die frisch Verliebten schon wie ein
altes Ehepaar um den See spaziert. Ihnen waren unzählige Radfahrer, Jog-
ger und Spaziergänger mit und ohne Hund begegnet: Es herrschte reges
Treiben am See. Nur eine Frau mit Labrador war nicht zu sehen. So blieben den beiden Polizisten nur Erinnerungen an alte, gemeinsame Fälle.

„Kannst du dich noch an das Feuer bei Kamm und Schere erinnern?
Wie hieß noch die junge Friseurin, die damals auf so schreckliche Art und
Weise ums Leben gekommen war?"

„Jessica ... Jessica Glindemann, glaube ich. Lass uns lieber an unsere
Einsatzbesprechungen im See-Cafe denken. Und an die leckere Eierlikörtorte dort."

„Mal sehen, was wir bei unserem nächsten Dienstspaziergang hier ent-
decken. Und welche Erinnerungen hochkommen."

„Übermorgen? Aber mal zu einer anderen Tageszeit?"

„Gerne, gegen 14:00 Uhr? Dann kann ich hinterher noch mal zu Mutti
in den Rosengarten."

Die Kripobeamten wählten beim nächsten Rundweg einen anderen
Parkplatz für den Passat, statt in Eiderstede stellten sie ihr Auto diesmal
auf den Parkplatz beim Alten Kreishaus ab. Und völlig ungewöhnlich für
ihre Rolle als altes Ehepaar: Sie wechselten, flexibel wie ein junges Liebespaar, auch die Marschrichtung. Heute gingen sie entgegen dem Uhr-
zeigersinn um den See.

„Schau mal dort: Das Alte Kreishaus." Wilhelm Bielfeld zeigte nach rechts auf das mächtige Backsteingebäude in der Heintzestraße. Wie ein pensionierter Oberstudienrat hatte er im Internet recherchiert und klärte seine nette und geduldige Begleitung auf:

„Das Haus wurde 1913 im Stil der Heimatschutzarchitektur gebaut und diente bis 1932 den verschiedenen Landräten des damaligen Kreises Bordesholm als Amtssitz. Bis zum Jahre 1975 war hier das Amtsgericht untergebracht, danach kam die Immobilie in Privatbesitz. Mieterin einer Wohnung war zeitweilig Heide Simonis. Die ersten Jahre mit der Funktion als Bundestagsabgeordnete, dann als Ministerpräsidentin."

„Na, was für ein Zufall! Dann muss Sven Wiking hier oft mit seinem Dienstwagen vorgefahren sein." Erika war ziemlich stark begeistert und beeindruckt: Vom zufälligen Erkenntnisgewinn und auch von der lebendigen Art ihres Kollegen, den Sachverhalt zu schildern. Sie hakte sich bei Wilhelm unter.

„Eigentlich haben wir beide es ganz gut getroffen, finde ich."

„Als Kollegen oder was?" Wilhelm war neugierig auf die Antwort.

„Natürlich nur als Kollegen, du Blödmann." Erika lachte laut und drückte ihrem Wilhelm einen saftigen Kuss auf den Mund.

Insgeheim grübelten beide in den letzten Tagen immer öfter, wie es eigentlich mit ihrer Beziehung weitergehen sollte. Eine Kollegenehe wurde im Hause der Polizei nicht so gerne gesehen, vor allem nicht innerhalb einer Abteilung. Kurzfristige Beziehungen oder sogar langjährige Partnerschaften gab es allerdings häufiger, seit immer mehr Frauen im Polizeidienst arbeiteten. Als Bielfeld und Friedberg einen Moment gar nicht an die Leder-Lady dachten, tauchte die Dame plötzlich auf: An der Vogelwiese, also direkt am Tatort, bemerkten die Polizisten eine Frau mit passendem Aussehen, die an der kleinen Badebucht fröhlich mit ihrer schwarzen Labrador-Hündin spielte.

„Alekto, Platz!" Die prächtige, muskulöse Hündin legte sich flach auf den Boden und wartete geduldig auf weitere Befehle. Konzentriert sah sie zu, wie Frauchen einen an einer Schnur befestigten Ball sehr weit ins Wasser schleuderte. Erst auf die Aufforderung ‚Hol den Ball'stürmte Alekto in den See und schwamm mit kraftvollen Zügen zu ihrer Beute. Mit dem Spielzeug im Maul kam sie ans Ufer zurück und legte es gehorsam vor die Füße der Besitzerin. Und das Ganze noch einmal: Bielfeld und Friedberg waren begeistert von der Harmonie zwischen Mensch und Hund. Wilhelm ging ohne Hast auf die Frau zu und sprach sie laut und deutlich an:

„Guten Tag, mein Name ist Bielfeld von der Kripo in Kiel."

Als er ihr seine Polizeimarke zeigen wollte, schrie sie: „Alekto, Fass!" Aber Labradore im Allgemeinen und Alekto im Speziellen schwimmen leidenschaftlich gerne und genauso versessen kümmern sie sich um ihre Beute. Die junge Hündin sah die beiden Menschen an Land, die in ungefährlicher Distanz zum Frauchen standen, weder als Beute noch als potentielle Bedrohung an. Und durch Frauchens neuen Befehl, irgendetwas zu fassen, war Alekto völlig verwirrt. Also schwamm die Labradorin mit dem roten Ball im schwarzen Maul weiter in Richtung Vogelinsel. Die Leder-Lady schrie noch dreimal nach ihrer Hündin, aber vergeblich. Die war bereits kurz vor der Vogelinsel angekommen und fand das laute Geschnatter der Enten und Gänse viel interessanter als das aufgeregte und nervende Gekreische von Frauchen am fernen Ufer. Bevor sich diese entschloss, die Flucht anzutreten, hatte Kriminaloberkommissarin Friedberg schon reagiert: Mit einem kräftigen Polizeigriff warf sie die Schwarzhaarige auf den Boden und kniete sich vehement auf deren Rücken. Kriminalhauptkommissar Bielfeld schaltete schnell und vorschriftsmäßig und legte der Hundebesitzerin seine Handschellen an.

Der nette Spaziergänger mit dem hübschen Golden-Retriever-Rüden Carlsson hatte zum Glück genügend Leckerli dabei. So konnten sie gemeinsam die gefräßige Alekto überzeugen, geduldig auf die Polizeifahrzeuge zu warten. Frauchen wurde ins Präsidium nach Kiel gebracht, Alekto ins Tierheim im Uhlenkrog 190.

47
Ei, ei, ei Verpoorten

„Oh, wie lecker!" Käthe Friedberg lief das Wasser im Mund zusammen. „Du bist wirklich eine gute Tochter!" Auch Lore Speck war über das Präsent von Erika entzückt.

„Den haben wir früher immer bei den Zeugniskonferenzen getrunken, damit die Stimmung im Lehrerzimmer schön locker blieb." Erika amüsierte sich über die beiden alten Schnapsdrosseln.

„Hat ja nur zwanzig Umdrehungen, da kann man gerne ein Glas mehr trinken." Käthe holte drei Likörgläser aus dem Schrank. „Nicht lang schnacken, Kopf in Nacken!"

„Was? Schon vor dem Abendbrot?" Erika wunderte sich über gar nichts mehr im Rosengarten.

„Ich freue mich, dass die Flasche so gut ankommt. Sie soll ein kleines Dankeschön für eure tolle Detektivarbeit sein. Ohne euch und eure Hilfe wären wir nie auf die schwarze Leder-Lady gekommen. Ich bin sehr gespannt, was das Verhör morgen erbringt."

„Dann auf euren Erfolg!" Käthe trank genüsslich den Eierlikör. „Was macht eigentlich dein reizender Kollege? Hat er die Schlägerei gut überstanden? Du hilfst ihm doch bestimmt dabei, liebe Erika?" Käthe stieß unauffällig mit dem Knie ihre Sitz- und Zimmernachbarin Lore an.

„Das ist aber auch ein Netter! Und so gut aussehend!" Die alte Lehrerin war es gewohnt, Zensuren zu verteilen.

„Ja, ist er." Erika merkte, wie sie errötete.

„Und du informierst uns gleich über das weitere Geschehen?"

„Äh, welches Geschehen?"

„Natürlich eure Ermittlungen in Sachen Sven Wiking! Was dachtest du denn?" Lore Speck musste über den Dialog von Mutter und Tochter schmunzeln.

„Wir bleiben jedenfalls am Ball. Für Alkohol tun wir doch alles!

Also fast alles!" Die drei Damen genossen das zweite Glas Verpoorten, bevor sich Erika auf den Weg nach Kiel machte.

48
Die Lady in Black und die Tagebücher

Wilhelm Bielfeld und Erika Friedberg hatten im Verhörzimmer des Polizeipräsidiums schon manch ungenießbare Nuss zu knacken gehabt. Aber die Lady in Black übertraf alles bisher gewesene. Die Kriminalbeamten hatten nur Namen, Geburtsdatum und Geburtsort und Anschrift der Hundebesitzerin aus deren Personalausweis erkunden können. Die Frau selbst schwieg aber wie ein Grab.

„Frau Mavros, sie sind nicht verpflichtet, zur Sache auszusagen. Aber es würde uns allen, auch ihnen, weiterhelfen." Erika Friedberg hatte heute mal wieder den Part der verständnisvollen, kooperativen Polizistin übernommen. Aber Schweigen im Walde bei ihrem Gegenüber.

„Haben sie in diesen Tagen den Bericht in der Zeitung gelesen, in dem es um einen Golden Retriever im Kieler Tierheim ging?" Wilhelm Bielfeld überschritt als Bad Cop die Grenzen des guten Geschmacks.

„Zur Erhaltung des Tierwohls wurde der alte und kranke Rüde eingeschläfert, ohne dass die Besitzerin darüber informiert worden war. Wie alt und wie gesund ist ihre Hündin? Wir wollen doch alle das Beste für Alekto!" Im Gesicht von Frau Mavros war deutlich ein nervöses Zucken zu sehen. Aber ihr Mund blieb verschlossen. Ein letzter Versuch vom Kriminalhauptkommissar.

„Wenn sie uns behilflich sind, werden wir uns revanchieren und dafür sorgen, dass ihre Hündin in gute Hände kommt." Aber vergeblich! Erika, die sich schon zu Schulzeiten für die griechische Mythologie interessiert hatte, versuchte, über den Namen der Labradorhündin eine Brücke zur Besitzerin zu bauen.

„Frau Mavros, laut ihrem Personalausweis sind sie ja in Griechenland geboren. Wenn ich mich an meinen Geschichtsunterricht in der Mittelstufe richtig erinnere, kommt Alekto aus dem Altgriechischen und ist der Name einer Gottheit. Richtig?" Weder ein Nicken noch ein Schütteln des Kopfes.

„Und Doktor Google hat mir in meinem I-Phone verraten, dass Alekto zusammen mit ihren Schwestern das Trio der Erinnyen gebildet hatte. Diese haben zwar nur selten direkt agiert, aber sie sollen zur Bestrafung von Verbrechen und zur Erfüllung von Flüchen gedient haben. Sind meine Informationen zutreffend?" Keine Reaktion.

„In welcher Beziehung steht der Name ihrer Hündin zu ihrer Rolle bei der Tötung von Sven Wiking?" Erika Friedberg war kurz davor aufzugeben. Aber ein Ass hatte sie noch im Ärmel.

„Der Untersuchungsrichter hat heute den Hausdurchsuchungsbeschluss über ihre Wohnung unterzeichnet. Die Durchsuchung wird heute Nachmittag stattfinden. Da sie uns bisher noch keinen Rechtsanwalt als ihren Strafverteidiger aufgegeben haben, wird sie ohne einen rechtlichen Beistand von ihnen erfolgen. Wir werden mit ihnen über unsere Erkenntnisse sprechen." Wilhelm Bielfeld versuchte, völlig korrekt vorzugehen.

„Nur der Hausmeister der Wohnanlage wird zugegen sein." Ein heftiges Zucken ging durch den Körper der schwarzen Lady. Sie wischte sich dicke Schweißtropfen von der Stirn.

„Sie werden die Tagebücher bei mir finden. Ich habe sie am Bordesholmer See gefunden." Die Frau wurde in ihre Zelle im Untersuchungsgefängnis zurückgeführt.

49
Die Lady in Black und die Gorenje

Zusammen mit den beiden Kollegen Haß und Liebe von der Polizeistation in Bordesholm fuhren Bielfeld und Friedberg zum Moorweg.

„Na, wenn die Wohnung genauso süffig und unordentlich ist wie die Müllcontainer vor dem Haus, werden wir dort viel Spaß haben." Erika Friedberg freute sich heute über ihre Gesichtsmaske, die Beamtin regierte absolut empfindlich auf Schmutz, Dreck und Chaos. Vor dem Hauseingang wurden die vier Polizisten bereits vom Hausmeister Klaus Krause erwartet. Bielfeld musste lachen.

„Heißen hier in Bordesholm alle Hausmeister Krause?"

„Nicht alle, nur mein Bruder Konrad und ich." Tatsächlich hatten die beiden Brüder nur wenig Ähnlichkeit miteinander: Klaus war dick, glatzköpfig und ungepflegt. Und bestimmt kein Tröster von jungen, hübschen Frauen. Aber er sollte auch nur die Tür zur Wohnung von Melina Mavros aufschließen und dann im Treppenhaus warten.

Im Wohnzimmer befand sich neben einer abgewetzten Sofalandschaft mit braunem Cordbezug und einem riesigen Samsung-Fernseher nur ein stattlicher Hundekorb mit unzähligen Stofftieren und Kauknochen. Die Polizisten konnten nichts Tatrelevantes finden. Im Schlafzimmer stand außer dem relativ neu aussehenden Boxspringbett nur ein kleiner Kleiderschrank aus hellem Kiefernholz.

„Der ist von Ikea. Den haben mein Sohn Finn und seine Freundin Nasrin auch in ihrer Lasterhöhle." Bei Erika kam die aufmerksame Mutti durch. In dem Schrank fanden die Beamten schwarze Frauenkleidung, vieles aus Leder. Polizeikommissar Manfred Liebe durchwühlte mit Kennerblick die Schubladen mit der Unterwäsche der jungen Frau: Auch schwarz, aber nicht alles aus Leder.

„Was ist das?" Ein fragender Aufschrei des jungen Polizisten.

„Bis du jetzt bei den String-Tangas gelandet?" Kollege Michael

Haß wollte auch mal schauen. Mit triumphierender Geste hielt Liebe zwei Drahtschlingen in die Höhe.

„Ab damit ins Labor! Die könnten gut zu der Halsschlinge von Wiking passen!" Bielfeld hielt dem Polizisten zwei Plastiktütchen hin. In der Küche befanden sich etliche Hundefutterdosen, viele Aldi-Lebensmittel und ein Kasten Mineralwasser mit Kohlensäure. Aber ebenfalls nichts, was für die Ermittlungen wichtig sein könnte, es blieben nur noch Bad und Balkon übrig. Keller- oder sonstige Abstellräume gab es laut Hausmeister Klaus Krause nicht.

„Oh! Ein schwarzes Mountain-Bike auf dem Balkon!" Diesmal hatte Herr Haß den Fund kundgetan.

„Das müssen wir der Zeugin Fischer zeigen, vielleicht erkennt sie es wieder. Ab damit in den Polizei-Bully." Bielfeld ging als Erster ins Bad.

„Was ist denn hier passiert?" Der gesamte Fußboden des Badezimmers stand kniehoch unter Wasser. Die Quelle war schnell gefunden.

„Gorenje! So ein Gerät hatte ich auch mal." Erika konnte sich noch sehr gut an ihre alte Küche erinnern. Die Waschmaschine von Frau Mavros stank verkohlt, wahrscheinlich hatte es einen Kurzschluss gegeben. In der Maschine konnte unser Wäsche-Spezialist Liebe weitere schwarze Slips, T-Shirts und Büstenhalter der Griechin begutachten. Allerdings waren alle Wäschestücke tropfnass.

„Und hier im Sideboard? Was ist da drin?" Erika schaute nach.

„In der obersten Etage Handtücher, die trocken geblieben sind. In der unteren Putzmittel und Wischlappen, alles total durchnässt. Ups! Was ist das denn?" Erika Friedberg hielt mit einer gewissen Spannung in ihren mit Einweghandschuhen versehenen Händen zwei vom Wasser durchweichte Notizbücher. Beziehungsweise das, was von denen übrig geblieben war. Der Name Sven Wiking und die Jahreszahlen 1987/88 und 2005 waren mit einiger Phantasie auf den Einbänden zu erkennen. Der verwendete schwarze Filzstift hatte gegenüber der Gorenje-Flut einigermaßen standgehalten. Friedberg blätterte ganz vorsichtig die Bücher auf:

„Scheiße! Alles nur noch ein blaues Tintenmeer! Nichts zu erkennen! Warum hat der Wiking bloß seine Aufzeichnungen mit Federhalter geschrieben?"

50
Theater im Rosengarten

„Und jetzt? Was machen wir jetzt?" Käthe Friedberg wirkte sehr unzufrieden mit ihrer Situation.

„Ich schätze, die beiden Morde sind endgültig aufgeklärt."

„Da hast du Recht, liebe Käthe. Und wie deine Tochter am Telefon bestätigt hat, haben wir Beiden maßgeblich dazu beigetragen!"

„Jaja, aber alles weitere ist nun Arbeit für die Richter und Staatsanwälte. Und wir haben damit nichts mehr zu tun. Und auch sonst überhaupt nichts! Und nur auf die täglichen Mahlzeiten oder auf den Tod zu warten, wie es die meisten anderen Leute hier im Rosengarten tun, ist mir zu wenig!"

„Da stimme ich dir hundertprozentig zu. Und der Verpoorten ist leider auch schon leer." Lore Speck lachte.

„Und bis die neue Flasche anlässlich der Verlobung von Erika und ihrem Kollegen kommt, kann auch noch verdammt lange dauern!"

„Also, was tun?" Käthe wurde langsam richtig ungeduldig.

„Du bist doch die Studierte von uns Beiden, dir muss doch etwas Gescheites einfallen!" Lore schaute verschmitzt, ein Lächeln ging über ihr faltiges Gesicht.

„Wie wäre es mit Theater?"

„Nee, bitte nicht! Das stundenlange Sitzen auf den unbequemen Stühlen ist nichts für meine alten Knochen. Und Opern und Operetten verstehe ich trotz meines Hörgerätes nicht mehr so gut und bei den modernen Dramen laufen mir zu viele Nackte auf der Bühne herum. Das musste ich in Berlin oft genug über mich ergehen lassen."

„Du hast mich nicht verstanden, Käthe. Wir schreiben ein Theaterstück, natürlich ohne nackte Leute, und führen es im Rosengarten auf! Konrad Krause engagieren wir als jugendlichen Helden, Erika und ihr Kollege machen die Polizisten. Und wir die Zwei vom Altersheim."

„Du willst doch nicht etwa die Morde an Helene Tischer und an Sven Wiking auf die Bühne bringen? Das wäre zu geschmacklos nach so kurzer Zeit!"

„Nein, ich habe eine ganz andere Idee. Die alten Leute werden doch immer häufiger Opfer von Trickbetrügern. Zuerst von falschen Enkeln, die dringend Geld für ein neues Auto brauchen. Dann von angeblichen Polizisten, die vor korrupten Bankbeamten warnen. Und jetzt neuerdings von fiesen Menschen, die sich als Ärzte vom Gesundheitsamt ausgeben und dringend Geld für die Corona-Behandlung von Verwandten des Telefonopfers benötigen. Da lässt sich doch was machen. Wir schreiben ein lustiges Stück, bei dem die Alten mal wieder herzhaft lachen können und außerdem lernen, wie sie sich in solchen Situationen verhalten sollen."

„Lore, du bist 'ne Wucht! Mit dir könnt ich hier alt werden!"

„Ach Käthe, aber vorher lass uns auf die Terrasse gehen und die Sonne putzen."

„Und dazu einen kleinen Metternich genießen, einen Pikkolo habe ich noch im Schrank." Vergnügt schoben die alten Damen mit ihren Rollatoren auf die zum Glück nur halb besetzte Sonnenterrasse.

„Wie findest du das?" Lore hatte schon eine Idee für den ersten Akt.

Bisher erschienene Bordesholmkrimis

RUSS
EINRICHTUNGEN

individuelle Lebensart

stilvolles Wohnen

stimmungsvolles Einrichten

www.russ-einrichtungen.de

Unsere Öffnungszeiten:
Dienstag bis Freitag
10 bis 19 Uhr
Samstag 12 bis 19 Uhr

RUSS Einrichtungen
Eiderstraße 13
24582 Bissee
Telefon 0 43 22 – 33 60